AROMAS DE SEDUCCIÓN
TESSA RADLEY

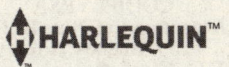

Editado por HARLEQUIN IBÉRICA, S.A.
Núñez de Balboa, 56
28001 Madrid

© 2008 Tessa Radley
© 2014 Harlequin Ibérica, S.A.
Aromas de seducción, n.º 1989 - 9.7.14
Título original: Spaniard's Seduction
Publicada originalmente por Silhouette® Books.

Todos los derechos están reservados incluidos los de reproducción, total o parcial. Esta edición ha sido publicada con autorización de Harlequin Books S.A.
Esta es una obra de ficción. Nombres, caracteres, lugares, y situaciones son producto de la imaginación del autor o son utilizados ficticiamente, y cualquier parecido con personas, vivas o muertas, establecimientos de negocios (comerciales), hechos o situaciones son pura coincidencia.
® Harlequin, Harlequin Deseo y logotipo Harlequin son marcas registradas propiedad de Harlequin Enterprises Limited.
® y ™ son marcas registradas por Harlequin Enterprises Limited y sus filiales, utilizadas con licencia. Las marcas que lleven ® están registradas en la Oficina Española de Patentes y Marcas y en otros países.
Imagen de cubierta utilizada con permiso de Harlequin Enterprises Limited. Todos los derechos están reservados.

I.S.B.N.: 978-84-687-4421-6
Depósito legal: M-12040-2014
Editor responsable: Luis Pugni
Impresión en Black print CPI (Barcelona)
Fecha impresion para Argentina: 5.1.15
Distribuidor exclusivo para España: LOGISTA
Distribuidor para México: CODIPLYRSA
Distribuidores para Argentina: interior, BERTRAN, S.A.C. Vélez Sársfield, 1950. Cap. Fed./ Buenos Aires y Gran Buenos Aires, VACCARO SÁNCHEZ y Cía, S.A.

Capítulo Uno

Rafael Carreras, marqués de Las Carreras, estaba fuera de sí. Y cuando el temperamental español se enfadaba más valía alejarse de él hasta que recuperase su habitual cortesía.

Se dijo que tenía razones de sobra para estar furioso. Había volado desde España a Auckland, en Nueva Zelanda, pasando por Londres y Los Ángeles. Una alarma de seguridad en el aeropuerto de Heathrow había provocado un retraso de seis horas, haciendo que perdiera la conexión a Estados Unidos. Por si fuera poco, no quedaban plazas en primera clase en el siguiente vuelo y tuvo que viajar entre un sudoroso vendedor de coches con graves problemas de sobrepeso y una mujer al borde de un ataque de nervios con un niño llorón en brazos.

Cuando finalmente aterrizó en Auckland, con dieciocho horas de retraso, no había ni rastro de su equipaje, marcado con el monograma de Louis Vuitton. Y para rematarlo todo, le comunicaron que el Porsche que tenía reservado había sido alquilado a otra persona por no haberse presentado antes a recogerlo. Ni siquiera su tarjeta platino, sus cheques de viaje o la generosa cantidad de dólares americanos que ofreció en metálico le sirvieron para conseguir otro coche. Por lo visto, se celebraba un evento deportivo internacional y no quedaba ningún vehículo disponible en las agencias de alquiler.

El marqués no estaba acostumbrado a que lo trataran con displicencia, y menos una mujer de mediana edad que apenas se dignó a mirarlo mientras se pintaba las uñas y con la que no le valió de nada ni su sonrisa más encantadora ni un tono de voz amenazadoramente grave. Normalmente bastaba con decir su nombre para que le brindaran la mejor atención posible, las mejores localidades en las corridas de toros, la mejor mesa en los restaurantes, la compañía de las mujeres más hermosas y los mejores coches de alquiler.

No se podía creer que aquello le estuviera pasando a él. Finalmente, y desembolsando una fortuna en un sórdido negocio, consiguió que le alquilaran un espantoso cacharro negro y amarillo, lleno de abolladuras y de pegatinas fosforescentes de surf.

Hacía dos días que no pegaba ojo. No había podido asearse ni cambiarse de ropa. Y encima tenía que conducir aquella abominación con ruedas.

Veinte minutos de inestable conducción después, vio el letrero tallado a mano que daba la bienvenida a las bodegas de Saxon's Folly, hogar de la familia Saxon. Un camino bordeado de árboles conducía a unas modernas instalaciones vinícolas y a una imponente mansión.

Detuvo el coche y contuvo la respiración. La casa era exactamente igual a como su madre la había descrito. De tres pisos y estilo victoriano, elegante y llena de historia, pintada de blanco y con balcones de hierro forjado.

Soltó el aire y aparcó el cuatro latas a la sombra de un gran roble. Fue entonces cuando descubrió que el freno de mano no funcionaba. Tuvo que saltar sobre una valla de alambre para encontrar una piedra lo bastante grande que poder colocar bajo el neumático trasero. No solo acabó con las manos sucias, sino con una mancha de barro en su inmaculado traje.

Masculló en voz baja y fue en busca de Phillip Saxon. Y de su destino.

Caitlyn Ross se fijó en el desconocido que llegó al funeral de Roland Saxon. Tras ella, los viñedos se extendían hasta las colinas que formaban The Divide. Pero en aquella ocasión no le echó ni un vistazo al paisaje.

Toda su atención se concentraba en el desconocido. Pero no era su estatura, su pelo largo y oscuro ni sus ojos negros lo que despertaba su interés, sino el fuego que despedía su mirada y la rígida pose con que se mantenía al margen del resto.

No tenía ni idea de quién podía ser ni de qué relación tenía con los Saxon, lo cual era extraño. Caitlyn llevaba trabajando allí desde que salió de la universidad, y casi se podía decir que formaba parte de la familia, pero a aquel hombre no lo había visto en su vida.

Junto a ella, alguien sorbió por la nariz y sacó un pañuelo. Phillip Saxon había acabado su discurso. Caitlyn recordó dónde estaba y apartó la atención del hombre misterioso. Era el turno de Alyssa Blake, quien pronunció unas breves y conmovedoras palabras. Roland era su hermano, pero nadie había sabido hasta entonces que los Saxon lo adoptaron cuando era un niño pequeño. Sin duda había sido un golpe muy duro para Heath, Joshua y Megan, los otros hermanos Saxon, quien siempre habían creído que los unía un vínculo de sangre.

Devolvió la mirada al desconocido. Estaba entre Jim y Taine, dos trabajadores de la bodega, pero no hablaba con ninguno. Observaba a los asistentes con el ceño fruncido, escrutándolos uno por uno.

¿Quién demonios podía ser? ¿Otro periodista que intentaba sacar los trapos sucios de la familia? Era lo último que necesitaban los Saxon en aquellos momentos.

Examinó la alta e imponente figura. Tenía el traje manchado de polvo, pero no parecía un periodista. Y tampoco podía ser un paparazzi, ya que no parecía llevar una cámara escondida en ningún sitio. Tal vez fuese un viejo amigo de Roland, de la escuela o de la universidad.

Decidió aproximarse y se internó entre la multitud, murmurando disculpas mientras se abría camino. Menos de un minuto después había llegado junto a Jim, quien le hizo sitio con una media sonrisa. Caitlyn se lo agradeció con un asentimiento y se colocó junto al desconocido.

En efecto, era alto. Por lo menos siete centímetros más que ella, que medía un metro ochenta.

–Creo que no nos han presentado –le dijo en voz baja.

Él la miró de arriba abajo con aquellos ojos en llamas, provocándole una sensación que no sentía desde hacía mucho tiempo.

–Soy Rafael Carreras –su acento extranjero era deliciosamente sensual. No parecía que fuese un amigo de la escuela... Tal vez un conocido. Al fin y al cabo, Roland había viajado por todo el mundo como director de marketing de Saxon's Folly.

–¿Conocía a Roland? –le preguntó.

–No.

La breve y seca respuesta daba a entender que no quería revelar más información, lo que reavivó las sospechas de que fuera un periodista que acudía a alimentarse de la desgracia de la familia. Algo que Caitlyn no podía tolerar. Los Saxon ya habían sufrido bastante.

–¿Entonces qué está haciendo aquí? –le exigió saber.

Él volvió a recorrerla con una mirada entornada. Empezó por los zapatos, unas cómodas zapatillas negras de piel que tenía desde hacía diez años y que solo se ponía en las ferias vinícolas. A continuación subió por las piernas, sin medias y blancas tras pasar un invierno más largo de lo habitual enfundadas en vaqueros y pantalones. Examinó atentamente la chaqueta. A Caitlyn le había costado una fortuna, y solo se la había comprado porque Megan había insistido, asegurándole que el lino color melocotón combinaba maravillosamente bien con su piel blanca y su pelo rubio rojizo.

Finalmente levantó la vista hacia su rostro. Sus ojos se encontraron y Caitlyn se quedó momentáneamente aturdida. La expresión de aquel hombre sugería que no le gustaba nada de lo que veía. Todo lo contrario. Sus ojos negros tan solo transmitían el desprecio más profundo.

−¿Es usted miembro de la familia Saxon? −le preguntó él, arqueando una ceja.

−No, pero...

−Entonces, no es asunto suyo lo que hago yo aquí.

Caitlyn parpadeó con asombro. No estaba acostumbrada a que la trataran con una grosería semejante. Buscó con la mirada a Pita, el guardia de seguridad.

Miró de reojo al alto y moreno desconocido. Harían falta bastantes hombres para someterlo. Bajo el traje oscuro se adivinaba un cuerpo atlético y unos hombros anchos. Sus duros rasgos, nariz torcida y mirada feroz, no dejaban lugar a dudas: era un luchador nato que no se rendiría sin oponer resistencia.

¿Debería llamar a Pita y provocar un altercado'

No, definitivamente no era el momento de crear problemas.

Además, ¿qué pasaría si aquel hombre resultaba ser un socio comercial y ella intentaba echarlo? Se estremeció solo de pensarlo. Era mejor dejarlo en paz... Por el momento.

Un murmullo generalizado le llamó la atención. Alyssa había terminado de hablar y estaba abandonado la plataforma mientras se secaba las lágrimas. Joshua Saxon la rodeó con un brazo y se la llevó aparte. Estaban comprometidos y se amaban profundamente a pesar de todo lo sucedido el mes anterior.

Una extraña punzada atravesó a Caitlyn. Ella también ansiaba encontrar el amor. Estaba cansada de ser Caitlyn Ross, vinicultora jefe de Saxon's Folly, número uno de su promoción, la estudiante modelo.

Quería lo mismo que todo el mundo. Amor, compañía, una vida compartida con alguien especial. Pero sabía que sus probabilidades de encontrarlo eran más bien escasas. No podía quejarse. Le encantaba trabajar en Saxon's Folly, y hubo un tiempo en el que albergó la esperanza de que ella y Heath Saxon pudieran... Para Heath no era más que una buena amiga. En Saxon's Folly, como en todas partes, la veían como a un chico más.

Sin embargo, el descarado examen al que acababa de someterla aquel desconocido no la hacía sentirse como un chico. Ni muchísimo menos. Aquel hombre la había mirado con arrogancia y desdén, pero desde luego la había visto como a una mujer.

No pudo resistir la tentación de fijarse otra vez en el desconocido y comprobar qué miraban aquellos ojos negros y escrutadores. Echó una mirada de soslayo... y el alma se le cayó a los pies.

Se había marchado.

Rafael había localizado su objetivo.

Con paso silencioso pero decidido se abrió camino hacia el hombre alto y con canas, Phillip Saxon. Se detuvo tras él y esperó a que terminase lo que a todas luces era un funeral. Había llamado a Saxon, había hablado con su secretaria, había hecho oídos sordos a las protestas de que no podía recibir a nadie en aquellos momentos y había advertido que se presentaría personalmente en las bodegas para verlo. No había explicado sus motivos, solo había dicho que era el dueño de unos famosos viñedos españoles. Pero lo que no se esperaba era que aquel encuentro fuese a tener lugar en público.

La multitud se separó y Rafael frunció el ceño al ver de nuevo a la mujer alta y pelirroja que lo había abordado minutos antes. Apretó los labios al verla acercarse. No era bonita y carecía de aquella conciencia de sí misma que poseían las mujeres hermosas. Pero tenía algo que...

Se encontró con sus sorprendentes ojos azules y la determinación que vio en ellos le hizo apartar la mirada. Ni nadie ni nada iban a distraerlo de su objetivo.

La gente se estaba moviendo. Un hombre alto y moreno permanecía en el borde del patio, junto a una parra y un rosal que parecía recién plantado.

–Se ha plantado en memoria de mi hermano Roland –explicó el hombre–. Que viva para siempre en nuestros corazones.

Todas las mujeres presentes hicieron uso de sus pañuelos, pero Rafael apenas oyó los lamentos y sollozos. Las palabras «mi hermano, Roland» resonaban en su cabeza. Roland Saxon había muerto. Una extraña ola de calor se desató en su pecho.

Se giró para mirar a Phillip Saxon y reconoció al instante la emoción que lo embargaba. Ira. Saxon se alejó de él. La ceremonia había concluido.

Rafael se apresuró a tocarlo en el hombro.

–Disculpe –el hombre se volvió hacia él y los dos se miraron en silencio.

Phillip Saxon tenía la nariz estrecha, el pelo negro, la frente ancha y unos ojos tan oscuros como los de Rafael, que lo miraban muy abiertos.

–No –espetó.

Rafael esperó unos segundos a que se recompusiera.

–No puede ser… –murmuró Saxon, sacudiendo la cabeza.

–¿Phillip? –la mujer con el cabello rubio rojizo apareció a su lado–. ¿Va todo bien?

Rafael apartó reacio la mirada de Saxon y vio la expresión hostil en los azules ojos de la mujer.

–Nos gustaría tener un poco de intimidad, por favor –exigió Rafael con el tono y la mirada glacial que reservaba para los paparazzi.

Phillip puso una mueca de horror.

–¿Quieres que me vaya? –le preguntó la mujer a Saxon, pero sin apartar los ojos de Rafael.

–No... Quédate.

Aquella mujer debía de ser alguien importante para la familia y él la había despreciado como si fuera alguien insignificante. ¿Quién podía ser?

Volvió a mirarla de arriba abajo, ignorando el gemido ahogado de la mujer. Por su aspecto, su sencillo peinado y su ropa no parecía pertenecer al refinado círculo social de los Saxon, por lo cual debía de tratarse de una empleada. Una empleada muy impertinente.

–Allá usted si no le importa que esta conversación se haga pública. Pensaba que querría evitarlo, al menos hasta haber tenido ocasión de negociar.

Saxon comprendió lo que le estaba diciendo. Se irguió en toda su estatura y una mezcla de alivio y desprecio brilló en sus ojos. Sin duda creía que podía sobornar a Rafael.

–Pensándolo bien, será mejor que nos dejes, Caitlyn.

¿Caitlyn? ¿Aquella mujer era Caitlyn Ross, la afamada vinicultora de Saxon's Folly? Rafael esperaba encontrarse con una mujer mayor y más sofisticada que aquella insolente veinteañera.

–De ninguna manera voy a dejarte a solas con él –declaró Caitlyn–. Lo que ha dicho suena a amenaza –le sostuvo la mirada a Rafael, desafiante–. Me quedo aquí.

Así que también era valiente. E insensata.

–No debería meterse donde no la llaman –le dijo en voz baja.

–¿Ahora me está amenazando a mí? –replicó ella, poniéndose roja.

–Es un consejo, no una amenaza. Es un asunto de familia… No tiene nada que ver con usted.

–Los asuntos de familia son también mis asuntos –declaró ella con vehemencia.

–Caitlyn es como de la familia –dijo Phillip al mismo tiempo.

A Rafael lo irritó profundamente la mirada de gratitud que la mujer le dedicó a Saxon. Se metió las manos en los bolsillos y los miró a ambos con furia.

Saxon tragó saliva, buscando las palabras que hicieran marcharse a Rafael.

Por primera vez desde que descubrió la verdad, Rafael comenzó a disfrutar con la situación. Saxon se encontraba en un aprieto, y aquella mujer aparentemente tan inofensiva estaba demostrando ser un desafío que Rafael no había previsto.

–Caitlyn, cariño, ¿dónde has pedido que sirvan los canapés? –preguntó Kay Saxon, acercándose a ellos con expresión apurada.

Caitlyn abrió la boca para responderle, pero Rafael se adelantó.

–Preséntenos –le ordenó a Phillip.

Saxon palideció y miró angustiado a su mujer.

–Kay, este es… –vaciló mientras Rafael aguardaba en silencio–. Lo siento, no sé su nombre.

–Me llamo Rafael Carreras.

La señora Saxon le brindó una sonrisa cortés y le ofreció la mano.

–Mucho gusto, señor Carreras.

Así que lo tomaba por un socio comercial o algo por el estilo…

–Ah, un apretón de manos es algo muy británico… Seguro que llegaremos a conocernos muy bien –se adelantó y le rozó las mejillas con las suyas al modo europeo. Por encima del hombro de la mujer vio el pánico y la angustia en los ojos de Phillip.

A Rafael lo satisfizo saber que aquel hombre le tenía miedo. Y con razón, pues él podía destruir todo cuanto le era querido.

Vio a Caitlyn con la mano extendida.

–Si va conocer a los Saxon será mejor que nos presentemos. Soy… –Rafael ignoró la mano que le ofrecía. En vez de eso le puso las manos en los hombros y se inclinó hacia delante. La mujer desprendía un delicado aroma a flores.

–Encantado de conocerte –le dijo en español. Le rozó la mejilla con los labios, oyó su gemido ahogado y la besó en la otra mejilla, prolongando el contacto con su piel, blanca y suave–. El placer es todo mío, señora Ross –le susurró al oído.

Ella se echó hacia atrás, sobresaltada.

–¿Sabe mi nombre? –era demasiado modesta. Pues claro que Rafael sabía su nombre. Una joven promesa que dos años antes había ganado la medalla de plata en el World Wine Challenge y que el año anterior se había hecho, junto a Saxon, con la codiciada medalla de oro.

—Le sorprendería lo mucho que sé...

Fue el turno de Phillip de ahogar un gemido.

El temor inicial fue reemplazado por un brillo de furia en los ojos de Caitlyn.

—Puede que no sepa tanto como cree, señor Carreras. Soy la señorita Ross.

—Ah —murmuró él, entornando los ojos ante el intento de Caitlyn por mantenerlo a raya con una gélida formalidad—. Debería haberlo imaginado.

Los azules ojos de Caitlyn ardieron de indignación. Mejor así. Prefería verla enfurecida en vez de asustada, aunque se preguntó de qué podía tener miedo, ya que era imposible que supiera lo que hacía él allí.

Saxon se removió inquieto y Rafael devolvió la atención al hombre por el que había cruzado el mundo para encontrarlo.

—Caitlyn, Kay, será mejor que hable a solas con el señor Carreras.

Su esposa frunció el ceño.

—¿Por qué?

—Puede que su marido no le haya contado algunas cosas, señora Saxon —le insinuó Rafael con un ligero toque sarcástico.

—Mi marido me lo cuenta todo —replicó ella.

—¿En serio?

—Es usted un impertinente —no fue Kay quien

habló, sino Caitlyn. Rafael se volvió hacia ella, irritado. La única insolente allí era ella. ¿Cómo se atrevía a faltarle al respeto? Nadie había osado jamás ofender al marqués de Las Carreras.

—Tenga cuidado...

—¿O qué? —lo retó ella—. ¿Me está amenazando? Está en una propiedad privada y...

—Caitlyn —Phillip le puso una mano en el brazo, pero ella no se dejó apaciguar.

—Llama a Pita. No puede entrar aquí y amenazarte como si nada, Phillip.

—No estoy amenazando a nadie —dijo Rafael, mirándola fijamente—. Y nadie va a echarme de aquí. Pero estoy seguro de que él preferiría que hablásemos a solas.

—Tiene razón, Caitlyn —afirmó Phillip.

—Me gustaría escuchar lo que este hombre tiene que decir y que según él no me has contado —añadió Kay, hundiendo sus tacones Ferragamo en la tierra—. Caitlyn tiene razón, es un impertinente.

A Rafael se le acabó la paciencia. La irritación de los dos últimos días, unida al dolor y la ira que había estado conteniendo en los últimos meses, estalló en su pecho y terminó por desatarle la lengua.

—¿Es impertinente viajar hasta Nueva Zelanda para conocer a mi padre?

—Kay, cariño, vámonos. La gente está esperando para presentar sus respetos —Phillip le pasó un brazo por los hombros a su mujer, tenso y pálido.

Kay no hizo ademán de moverse. Rafael apoyó las manos en las caderas y sacó pecho, preparado para la batalla.

–Señora, mi nombre completo es Rafael López y Carreras.

–¿López? Hubo una chica, una joven... –Kay arrugó la frente–. Creo que se llamaba María López. No, no lo creo; estoy segura. Estaba buscando a su familia... Su padre, o quizá su tío, había muerto en el terremoto de Napier... Sí, eso es. La recuerdo muy bien. Se llamaba María.

–Es el nombre de mi madre –dijo Rafael, clavando la mirada en Phillip.

Kay abrió los ojos como platos, se llevó la mano a la boca y se volvió hacia su marido.

–Dime que no es verdad.

A Caitlyn se le cayó el alma a los pies al ver la expresión de Kay. ¿Cómo podía creer las palabras de Rafael?

Phillip sacó un pañuelo del bolsillo y lo desdobló para secarse la frente.

–Ya veo que no vas a negarlo... –dijo Kay, y examinó a Rafael–. ¿Cuántos años tiene?

–Treinta y cinco.

¿Por qué Kay no lo mandaba al infierno?

–La misma edad que Roland... ¿Cuándo nació?

Rafael se lo dijo y Kay encogió el rostro con una mueca de dolor.

–Eso te convierte en el hijo mayor de Phillip... aunque Roland, nuestro... mi primer hijo no hubiera muerto.

La mirada que le echó a su marido estaba cargada de reproche. Él le agarró la mano.

–Kay, lo siento. Yo nunca…

–¿Nunca quisiste que lo supiera?

Phillip no respondió y Kay se soltó y se marchó rápidamente. Phillip fue tras ella. Caitlyn se dio cuenta de que le temblaban las manos, parecía que Rafael había dicho la verdad.

–Parece que no soy un mentiroso, después de todo –le dijo él. La miró, inexpresivo, y también él echó a andar, con la espalda erguida y la cabeza ligeramente ladeada en una pose orgullosa y arrogante.

Caitlyn se quedó mirándolo con la boca abierta, hasta que consiguió reaccionar.

–¿Qué esperaba conseguir con esta escena? –le escupió las palabras.

Él se detuvo y se volvió.

–No podemos tener esta conversación en público. Venga conmigo –dijo Caitlyn.

Él no parecía el tipo de hombre que acatara órdenes de nadie. Caitlyn casi se esperaba que no la siguiera mientras tomaba el camino que conducía de la bodega a la casa para luego rodear la loma hacia las vides de *Cabernet franc*.

Miró hacia atrás y vio que la estaba siguiendo. Bien. Aceleró el paso y lo condujo a las cuadras. Al entrar en el patio varios caballos asomaron las cabezas por los portones y levantaron las orejas con interés. La puerta del último bóxer estaba cerrada por arriba y por debajo, y el animal que estaba dentro golpeaba la puerta con los cascos, exigiendo que lo dejaran salir. Debía de ser Lady Killer, sin duda, pero aparte del coceador caballo nadie más los interrumpiría. No había peligro de que ninguno de los asistentes al funeral los oyera.

Se giró y miró furiosa a Rafael.

–¿Tiene idea de lo que ha interrumpido?

–Llamé a la bodega y concerté una cita.

Caitlyn arqueó las cejas.

–Pues no va a ser posible. Es el funeral del hijo de Kay y Phillip.

–No, no. La cita era para ayer –se pasó las manos por el pelo–. Pero he sufrido algunos retrasos.

Caitlyn examinó su aspecto. Ni siquiera las arrugas y las motas de polvo podían ocultar la calidad del traje hecho a medida.

–¿La alarma de seguridad en Londres? Lo he oído en las noticias. Lo siento, pero Phillip y Kay no reciben a nadie estos días.

Él pareció un poco abatido.

–La mujer que respondió al teléfono dijo algo, pero yo no estaba escuchando.

No estaba mintiendo. La frustración que se adivinaba en sus ojos era demasiado real.

–Seguramente habló con Amy, la asistente de publicidad de la bodega. Roland era su novio –la pobre Amy. En su estado era normal que olvidara comunicarle los mensajes a Phillip–. Lo siento mucho, pero es probable que Phillip no recibiera ningún mensaje –aunque aquello no justificaba el rudo comportamiento de Rafael–. ¿Y no podía haberse marchado al ver que se estaba celebrando un funeral?

—¿Por Roland? ¿El hijo mayor?

Su expresión era tan extraña que Caitlyn desistió de intentar descifrarla.

—Sí. Roland murió en un accidente de coche, hace unas semanas —la noche del baile anual de máscaras de Saxon's Folly—. Una horrible tragedia.

—Mi más sentido pésame —inclinó breve y cortésmente la cabeza, pero acto seguido volvió a la carga—. He viajado miles de kilómetros con un propósito, y no voy a marcharme sin haberlo cumplido.

—¿Y ya está? —Caitlyn lo miró con incredulidad—. ¿Eso es todo lo que tiene que decir, después de lo que ha provocado?

—No era mi intención provocar nada. Ha sido usted —le echó una mirada cargada de desprecio.

Caitlyn abrió la boca, pero volvió a cerrarla sin decir nada. ¿Por qué no se había mantenido al margen?

Imposible. Al ver cómo aquel extranjero alto y ceñudo increpaba a Phillip no había podido quedarse de brazos cruzados y se había lanzado a proteger a su jefe con uñas y dientes. Phillip era mucho más que un jefe. Era su confesor, su mentor, su amigo del alma.

—Debe entender que los Saxon son como una familia para mí —era cierto—. No podía dejar que acosara a Phillip.

—Yo no acoso a nadie. Soy un hombre de honor,

algo que su jefe no es. Yo jamás habría dejado abandonado a una joven después de dejarla embarazada.

Caitlyn sintió una punzada de temor y dio un paso atrás. Él avanzó, cubriendo la distancia que ella intentaba poner entre ambos.

—Quería que el cobarde de mi padre se encontrase cara a cara con el hijo al que nunca se molestó en reconocer... y que recordara a la mujer a la que abandonó sin darle ningún tipo de apoyo.

Caitlyn dio otro paso atrás y se chocó con la pared de las cuadras.

—Puede que no supiera nada...

—¡Lo sabía! —exclamó él, cerniéndose sobre ella como una sombra siniestra—. Mi madre le escribió nada más descubrir que estaba embarazada.

—Tal vez... —la voz se le quebró cuando él pegó los puños a la pared, a ambos lados de su cabeza, y se inclinó amenazadoramente hacia delante. De cerca sus ojos ardían de ira y se adivinaba una pequeña cicatriz bajo el labio inferior.

Volvió a tragar saliva con dificultad, consciente de aislados que estaban en el patio de las cuadras.

—Tal vez la carta se extravió.

—Mi madre volvió a escribirle, desesperada. ¿Qué probabilidades hay de que se pierdan dos cartas? Estamos en Nueva Zelanda, no en Marte.

A Caitlyn se le formó un nudo en el estómago y se quedó en silencio. Ya no temía por su seguridad, pero las dudas se le arremolinaban en la cabeza y en el estómago.

No, no podía ser. Phillip no podía haberse comportado de aquella manera tan mezquina. Era un hombre de honor, decente y respetado por todo el mundo.

Tenía que hacérselo entender a Rafael. Pero antes de que pudiera convencerlo, él separó las manos de la pared y Caitlyn respiró aliviada.

–Mi madre lo llamó por teléfono, pero él le dejó muy claro que no quería saber nada de su hijo y que no pensaba abandonar a su esposa –la amargura y el rencor corroían su acento exótico.

Caitlyn reconoció el sufrimiento y la ira reprimida y levantó la mano, movida por el repentino deseo de posársela en el hombro para ofrecerle consuelo. Pero entonces le asaltó el recuerdo de su cabeza a escasos centímetros de la suya y volvió a invadirla el pánico. Rápidamente dejó caer la mano al costado.

–Tuvo que haber algún error –susurró. Lo último que quería o necesitaba era la reacción que le provocaba aquel desconocido.

–No hubo ningún error. Phillip Saxon la abandonó.

El tono cortante de su voz la hizo pensar en lo que debía de haber sido para su madre encontrarse sola y embarazada treinta años antes, en una sociedad mucho menos tolerante que la actual.

Pero tampoco podía evitar compadecerse de Kay. Qué humillante y doloroso debía de ser descubrir la infidelidad de su marido cuando intentaba superar la pérdida de su **hijo**.

Rafael se removió ante ella, con la mirada perdida, concentrado en su infierno particular.

Los últimos restos de temor la abandonaron.

—No eres el único que ha sufrido —Rafael debía ver que tenía en común más de lo que creía con su padre—. Phillip acaba de perder a un hijo. ¿No puedes demostrarle un poco de compasión?

—Sé muy bien que no soy el único que ha sufrido —su boca quedaba a la altura de los ojos de Caitlyn. Sus labios…

Rápidamente levantó la mirada.

—¿Y no podrías ofrecerle…?

—No voy a ofrecerle nada —espetó él—. No le debo nada.

A Caitlyn le ardieron las mejillas por aquella muestra de testaruda intransigencia.

—Es tu padre y acaba de perder a un hijo. ¿Por qué no…?

Él frunció el ceño y sus ojos destellaron peligrosamente.

—Phillip Saxon no es mi verdadero padre. Mi padre está muerto. Mi padre me enseñó a montar a caballo, a pescar, a nadar… y me lo enseñó todo sobre el vino. Y no era un Saxon.

—Lo siento —murmuró ella. No sabía qué más decir.

Él soltó un seco suspiro.

—En su lecho de muerte, el hombre que yo siempre había creído que era mi padre me reveló que él y mi madre me habían mentido y que yo no era su hijo.

La compasión de Caitlyn aumentó.

Ocultarle la verdad había sido un error, pero ¿qué opción le había quedado a María? Seguramente había querido olvidarse de Phillip. Y como consecuencia Rafael se había presentado en Saxon's Folly lleno de odio y dolor. La situación no podía ser más explosiva.

–Kay no se merece...

–Admito que no he venido en el mejor momento –el fuego de su mirada se apagó ligeramente–. Pero no era mi intención hacer sufrir a Kay Saxon deliberadamente. Ni siquiera conozco al hombre que me procreó.

–¿Pero quieres conocerlo?

–¡No! No necesito conocerlo. Lo desprecio. No tengo el meno respeto por...

–Entonces quieres hacerle daño. ¿Qué tienes pensado para hacerle pagar lo que te hizo?

–No es por lo que me hizo a mí. Quiero que pague lo que le hizo a mi madre.

En ese momento sonó el móvil de Caitlyn.

–¿Dónde estás? –le preguntó Megan–. Te necesitamos.

–Voy enseguida –se guardó el móvil y miró a Rafael–. Tengo que irme, y tú también deberías marcharte. Creo que ya has provocado bastante revuelo por hoy.

Capítulo Dos

Después del revuelo que había provocado, Caitlyn estaba decidida a echarlo amablemente de allí aunque el retraso le hiciera ganarse la ira de Megan. No quería que Rafael y los Saxon volvieron a verse aquel día.

Pero mientras lo conducía por el camino hacia las instalaciones oyó la voz de Heath Saxon tras ellos.

–Caitlyn, ¿sabes qué le ha pasado a mamá? Está llorando.

A Caitlyn se le encogió dolorosamente el corazón y se tragó una maldición entre dientes.

Rafael se detuvo junto a ella y se volvió hacia Heath.

–Lamento haber dicho algo que haya preocupado a tu madre, pero no fue mi intención.

Caitlyn miró a los dos hombres, los dos hermanastros. Sabiendo la verdad era fácil apreciar las semejanzas. Heath era más joven, pero ambos tenían los mismos ojos oscuros, los mismos pómulos marcados, la misma recia mandíbula... ¿Advertiría también Heath el parecido?

–¿Qué es lo que ha dicho? –le preguntó Heath a Caitlyn, sin mirar siquiera al español.

Caitlyn se estremeció por dentro. La situación estaba a punto de empeorar.

Y ella había sido la responsable.

—Estoy aquí, puedes hablarme a mí —dijo Rafael antes de que ella pudiera responder—. Me llamo Rafael Carreras.

Heath le echó un breve y desdeñoso vistazo.

—¿Has dicho algo?

Caitlyn se puso tensa, pero Rafael no mordió el anzuelo.

—Me llamo Rafael Carreras...

—Me da igual cómo te llames —lo interrumpió Heath—. Solo quiero saber qué has dicho para preocupar a mi madre.

Ya era suficiente. Caitlyn se interpuso entre los dos hombres.

—Heath... —apoyó la mano en su brazo, intentando no temblar.

—Heath, Caitlyn, Megan me ha enviado a buscaros. ¿No venís a tomar el café con los demás? —Joshua Saxon se acercaba por el camino.

—Antes quiero oír lo que ha dicho —Heath señaló a Rafael con la cabeza— para hacer llorar a mamá.

—¿Mamá está llorando? —preguntó Joshua, sorprendido.

—Sí, y él es el responsable.

Caitlyn se sentía fatal. Ella era la verdadera causante de todo. Si no se hubiera entrometido, Rafael y Phillip se habrían enfrentado a solas y el resultado habría sido muy distinto.

–Heath, él no tiene la culpa de que Kay esté llorando. Es culpa mi...

–Puede que no haya sido su intención, pero aun así la ha hecho llorar –insistió Heath. Avanzó y apartó a Caitlyn con una mano. Ella se tambaleó y Heath la agarró rápidamente antes de que cayera, pidiéndole disculpas sentidas.

–Ten cuidado –le advirtió Rafael a Heath, antes de volverse hacia Caitlyn–. ¿Estás bien?

Ella le ofreció una pequeña sonrisa.

–Sí, solo ha sido un traspiés –había merecido la pena, pues había contenido el ataque de Heath a Rafael.

Heath se pasó los dedos por el pelo.

–Todavía no me has dicho lo que le dijiste a mi madre –todo su cuerpo estaba en tensión. Heath siempre había sido un pendenciero y jamás había rehusado una pelea.

–He venido porque hace seis meses descubrí un secreto que se me había ocultado toda mi vida –dijo Rafael–. Descubrí que mi verdadero padre no era el hombre que yo siempre había creído, sino alguien que vivía al otro lado del mundo.

Caitlyn se tranquilizó un poco. Rafael intentaba guardar la calma frente a la hostilidad de Heath. Tal vez aún pudiera salvarse la situación.

–¿Y eso qué tiene que ver con...?

–Tú eres Heath, ¿no?

–¿Por qué lo preguntas? –espetó Heath, pero Rafael desvió la atención al más alto de los dos Saxon.

–Entonces, tú debes de ser Joshua –el aludido asintió con la cabeza–. Yo soy Rafael... –levantó una mano cuando Heath se dispuso a interrumpirlo–. Y soy vuestro hermanastro.

Heath ahogó una exclamación.

–No lo creo. ¡Lo que eres es un estafador!

–¡Heath! –exclamó Caitlyn–. Es verdad lo que dice.

–¿Crees que esto es fácil para mí? –preguntó Rafael.

–¿Y tú esperas que me crea que lo descubriste hace seis meses y que has esperado hasta ahora para darte a conocer? –preguntó Heath en tono sarcástico–. ¿Por qué esperar tanto?

–Tenía otras cosas más importantes que atender, como enterrar al hombre que creía había sido mi padre. Después tuve que consolar a mi madre y ocuparme de los asuntos legales. He venido en cuanto he podido.

Los puños que Rafael mantenía apretados a los costados demostraban que no estaba tan tranquilo como parecía. La tensión se podía palpar en el aire. Heath y Joshua estaban hombro con hombro, mirando fijamente al hombre que afirmaba ser su hermanastro.

Caitlyn se estremeció. La pelea era inminente. No podía permitirlo. Se colocó junto a Rafael y, sin pensarlo, le puso una mano en el brazo.

–Rafael ya se marcha.

Él giró la cabeza.

–¿Ah, sí? –preguntó con sarcasmo.

—Sí, te estaba acompañando a tu coche –insistió ella, intentando ignorar sus músculos a través de la tela.

—Amigo, será mejor que hagas lo que dice si sabes lo que te conviene.

Caitlyn notó que Rafael se ponía rígido.

—No me asusto fácilmente –le echó a Heath una ofensiva mirada–. Ni dejo que una mujer aplaque a mis rivales por mí. Hago lo que quiero, no lo que una mujer decide –sus ojos se encontraron con la mirada horrorizada de Caitlyn y adoptó una expresión de desprecio.

Rafael debía de ser estúpido. ¿Acaso no se daba cuenta de lo que estaba provocando? ¿O tal vez quería llegar a las manos por una incomprensible cuestión de orgullo varonil?

Pero allí nadie iba a llegar a las manos. No si ella podía evitarlo.

—La mujer suele ser más sensata –miró a Rafael batiendo las pestañas y le sacudió una pelusilla imaginaria de las solapas de la chaqueta. Tenía que hacer lo que fuera para evitar el inminente ataque de Heath.

Pero la tensión que emanaba del cuerpo de Rafael, el tacto de su musculoso pecho bajo los dedos, la hizo arrepentirse de su osadía.

Heath se echó a reír.

—Nuestra ratita se ha convertido en una seductora... Esto sí que tiene gracia.

El comentario hirió profundamente a Caitlyn. Contuvo las lágrimas y apartó las manos de Rafael.

Furiosa con Heath por poner en evidencia su nula sensualidad, con Rafael por iniciar todo aquello y con Joshua por no hacer nada para impedirlo, les dio la espalda a los tres.

–Muy bien –dijo en un tono que desmentía sus palabra–. Haced lo que os dé la gana. Por mí como si os matáis mutuamente.

–Espera, querida –le dijo Rafael en su lengua materna, agarrándola del brazo.

Su mano era fuerte y posesiva, y sus recios y bronceados dedos tenían los nudillos magullados. Definitivamente era un luchador.

Empezó a sentir un alarmante hormigueo en el brazo. Lo fulminó con la mirada, y él los miró a Heath y a ella antes de soltarla. Y entonces supo que había visto lo que nadie más sospechaba. Los patéticos restos de la atracción que sentía por Heath.

El pánico se apoderó de ella. ¿Sería capaz de dejarla en evidencia?

Pues claro que sí. Aquel hombre la despreciaba. ¿Por qué no iba a aprovechar la ocasión de humillarla?

–Caitlyn me acompañará –dijo él–. Pero os advierto que volveré.

Un inmenso alivio la invadió mientras él se alejaba de Joshua y de Heath, pero no supo si se debía a que se había evitado una pelea… o a que su secreto más íntimo y vergonzoso estaba a salvo. Fuera como fuera, no pudo evitar un arrebato de gratitud hacia Rafael mientras echaba a andar tras él.

***

A la mañana siguiente Rafael entró en el vestíbulo de la bodega y vio a un joven desgarbado de espaldas a la puerta.

–Buenos días –saludó en español–. Estoy buscando a Phillip Saxon.

El joven se giró hacia él y Rafael se encontró con un par de ojos azules que solo podían pertenecer a una persona… Caitlyn Ross.

La examinó rápidamente para averiguar cómo había podido cometer un error semejante. Llevaba unos vaqueros holgados y descoloridos, manchados con jugo de uva, y una camiseta a rayas blanquiazules con el escudo de un equipo deportivo. La gorra ocultaba sus bonitos cabellos cobrizos, y no se veía ni rastro de la criatura femenina a la que Rafael había conocido el día anterior.

Su mirada fija y desafiante le provocó a Rafael un extraño deseo. Más le valía andarse con cuidado con aquella mujer.

–¿Has llamado para avisar a Phillip?

El atisbo de atracción se esfumó.

–¿Siempre eres tan mandona?

Los ojos azules ardieron de irritación.

–No soy mandona. Simplemente no quiero que les causes problemas a los Saxon.

Rafael la siguió bajo el arco al interior de la bodega. El olor familiar a roble francés lo envolvió de inmediato. Dos filas de cubas se alineaban a lo largo de la sala, tenuemente iluminada. Un paso más y lo asaltó una nueva fragancia. El olor a flores de Caitlyn, sutil, sugerente, delicado... Aspiró profundamente.

–¿Has decidido que soy el lobo feroz que viene a comerse tus corderos?

Ella negó con la cabeza.

–No creo que se pueda describir como corderos a Phillip o a sus hijos.

–¿Quizá sean ellos los lobos y yo el cordero?

Ella le dedicó una sonrisa que reveló un hoyuelo en la mejilla izquierda, confiriéndole una expresión deliciosamente pícara.

–Por supuesto que no. Eres un lobo... fingiendo estar en la piel del cordero.

El deseo lo asaltó con fuerza, pero también sintió ganas de reír. La bodega pareció hacerse más luminosa, y el peso que lo había hundido desde que descubrió que su padre biológico era un hombre que nunca había querido saber nada de él, ni de su madre, empezó a aligerarse.

–¿Le estás invitando al lobo a morder? –se inclinó hacia ella, atraído por el brillo de sus ojos y el olor a flores. Quería estrecharla entre sus brazos y besarla hasta dejarla sin aliento–. ¿A cazar, tal vez?

Ella se puso colorada y se apartó rápidamente.

–No, no –su expresión de pavor hizo fruncir el ceño a Rafael–. Tengo que irme. Encontrarás a Phillip en su despacho. Sal por esa puerta, pasa junto a las cubas, tuerce a la derecha y sigue el pasillo hasta el final.

Se alejó a toda prisa, sin ofrecerse a acompañarlo, y Rafael se quedó contemplando su huida con una profunda consternación. ¿Qué había ocurrido? Primero estaba riendo con él, provocándolo y avivando la excitación que ardía entre ellos, y al momento siguiente estaba huyendo.

¿Qué podía haberla asustado tanto? ¿Había sido él? ¿Cómo era posible, si no representaba ningún peligro… al menos para ella?

Aturdida por el interés que había atisbado en los ojos de Rafael y el vergonzoso deseo que se había apoderado de ella antes de verse invadida por el pánico, Caitlyn atravesó el patio delantero junto a la estructura de ladrillo que albergaba dos inmensos depósitos de acero inoxidable.

Al aproximarse a la sala de catas vio a Heath por el rabillo del ojo. Desde hacía mucho tiempo era consciente de todos sus movimientos, y normalmente le bastaba con ver su Lamborghini plateado llegar para que se desataran sus anhelos secretos e imposibles. Pero aquel día simplemente frunció el ceño. Con Rafael allí, la presencia de Heath solo serviría para aumentar la tensión.

Heath rara vez se dejaba ver en horas de trabajo. No era ningún secreto que él y Phillip tenían discrepancias lo bastante importantes como para que Heath renunciara a su puesto como vinicultor en Saxon's Folly tres años antes.

Caitlyn lo saludó con la mano y él le respondió

el saludo. Aparcó junto al destartalado vehículo de Rafael y salió de su lujoso deportivo.

—¿Qué haces aquí?

—Papá me ha llamado. Quiere verme.

—¿Phillip te ha llamado? —preguntó ella, sorprendida. Phillip y su hijo menor no sabían hablar entre ellos sin discutir, cada uno convencido de tener la razón.

—Sí, y también ha llamado a Joshua, así que no vayas a pensar en una reconciliación. Tu trabajo está a salvo, ratita —se burló, acariciándole la cabeza.

Ella se apartó y se quitó la gorra de béisbol.

—No me preocupa que quieras mi puesto. Tú fuiste quien me lo consiguió, ¿recuerdas?

Heath le tiró de la cola de caballo.

—Claro que lo recuerdo, ratita.

Sus bromas fraternales solían provocarle a Caitlyn un anhelo imposible, pero en aquellos momentos solo consiguieron irritarla. Estaba furiosa consigo misma por haber perdido tanto tiempo en pos de un hombre que nunca la había visto más que como una estudiante de primer año mientras él hacía el doctorado.

Pensó en la mirada que Rafael le había echado en la bodega. Su intenso escrutinio le había hecho lamentarse por ir vestida con unos vaqueros sucios y unos zapatos viejos.

Se sacó a Rafael de sus pensamientos y se concentró en Heath.

—Entonces, ¿Joshua también va a venir?

–Sí, parece que papá quiere presentarnos a alguien.

Tenía que tratarse de Rafael. Phillip no podía saber que Joshua y Heath ya lo habían conocido el día anterior… y que casi se habían liado a puñetazos. ¿O quizá sí lo sabía?

–Eh… Heath, ¿les has dicho algo a tus padres sobre lo que pasó ayer con Rafael?

–¿Rafael? –el móvil de Heath empezó a sonar y él se lo sacó del bolsillo.

–El español.

–Sé muy bien quién es Rafael, y no sé por qué debería hablar de él con mi padre –se llevó el teléfono a la oreja–. Ya estoy aquí, papá –le guiñó un ojo a Caitlyn–. ¿Por qué tanta prisa? Enseguida voy.

La expresión de Heath inquietó a Caitlyn.

–¿Qué ocurre?

–Al parecer papá tiene un problema. Un bastado español de metro ochenta y pico. Pero no por mucho tiempo…

Echó a andar a grandes zancadas y Caitlyn lo siguió, pensando en Rafael. Pensó en lo aislado que debía de sentirse entre el cerrado clan de los Saxon. Pensó en el enfrentamiento con Heath del día anterior y en su furia al recordar cómo se había portado Phillip con su madre.

El desánimo se apoderó de ella.

–Espera, yo también voy.

***

Entró en el despacho de Phillip pisándole los talones a Heath. Era una inmensa habitación con vistas a los viñedos, un escritorio antiguo y una mesa de reuniones con cuatro sillas, tres de las cuales estaban ocupadas por Phillip, Joshua y Rafael. La tensión se palpaba en el aire.

–¿Esta reunión es por él? –preguntó Heath, señalando a Rafael con el pulgar mientras se sentaba en la silla vacía.

–Sí –respondió su padre.

Caitlyn se mantuvo a cierta distancia. Al fin y al cabo no pertenecía a la familia. Pero entonces Rafael se levantó.

–Siéntate aquí, Caitlyn –le sugirió, pronunciando su nombre con una resonancia exótica.

–No, no, estoy bien así.

–Insisto –se apartó de la mesa y se apoyó en el alféizar de la ventana.

–Siéntate, Caitlyn –le dijo Phillip.

–Gracias –le dedicó una breve sonrisa, pero él no sonrió. Estaba muy serio y tenía ojeras, como si no hubiera pegado ojo la noche anterior.

Una vez sentada, Caitlyn y los Saxon tuvieron que girar incómodamente la cabeza para mirar a Rafael. Al estar situado a contraluz era imposible ver su expresión, y Caitlyn se preguntó si habría elegido deliberadamente aquel sitio en la ventana, fuera del círculo familiar.

Pero la familia no estaba completa. Faltaban dos miembros, por lo menos.

–¿Dónde está Megan? –preguntó Caitlyn.

—De camino –respondió Joshua.
—¿Y mamá? –preguntó Heath.
Phillip vaciló un momento.
—Está preparando un comunicado de prensa con Alyssa. Pensó que sería mejor no estar presente. Y Alyssa se ha excusado porque tiene que acabar ese comunicado cuanto antes.
—Pero mamá siempre está presente en las reuniones familiares –arguyó Heath.
—En esta no –murmuró tristemente Phillip.
Megan entró en el despacho como una exhalación.
—Lo siento, estaba con mamá y Alyssa –le faltaba el aliento, como si hubiera estado corriendo.
—Ven, siéntate aquí –le dijo Caitlyn. Siempre participaba en la toma de decisiones de la bodega, pero Rafael tenía razón: era un asunto de familia y a ella no la concernía en absoluto.
—Siéntate –le ordenó Megan, y con ayuda de Heath acercó a la mesa el sillón del escritorio–. Bueno, ¿de qué se trata?
—Quiero mi parte de Saxon's Folly –dijo Rafael desde la ventana.
Caitlyn se quedó boquiabierta.
—¿Tu parte? –exclamó Heath, poniéndose en pie.
—Siéntate, Heath –le ordenó su padre, y Heath obedeció.
—Sí, mi parte –corroboró él en tono tranquilo, pero las chispas que ardían en sus ojos delataban su verdadero estado de ánimo–. El derecho de na-

cimiento que me arrebataron cuando él –señaló a Phillip– se negó a reconocer el embarazo de mi madre.

–¿Qué pruebas tienes de que mi padre sea el tuyo? –lo retó Heath.

–Hasta tu madre reconoce que mi madre vivió una vez aquí. Ha admitido la posibilidad de que…

–¿Posibilidad? –se burló Heath.

–Heath… –le advirtió Joshua.

–¿Qué? Nos está engañando.

Joshua le puso una mano en el brazo.

–Yo no estaría tan seguro. El parecido entre los dos es evidente.

Heath miró a Rafael de arriba abajo.

–¿Estás diciendo que es hijo de papá?

–¡Lo soy! Y él… –Rafael volvió a señalar a Phillip con la cabeza– puede confirmarlo.

Joshua tiró del brazo a Heath para que se sentara.

–Es una posibilidad a tener en cuenta, viendo sus rasgos. El parecido con nosotros es innegable y no creo que sea necesario hacer una prueba de paternidad, aunque seguro que papá pedirá la prueba del ADN.

–¿Y qué significa todo esto? –preguntó Megan.

–Significa que tenemos un problema. Rafael afirma tener derecho a una parte de Saxon's Folly. ¿Cómo vamos a solucionarlo?

–Quiero lo que me pertenece –declaró Rafael.

El fuego de su mirada se había apagado, dejando una oscuridad inexpresiva e insondable.

—¿Y qué me dices del papel que jugó tu madre en todo esto? –sugirió Megan–. Lamento lo que debió de sufrir tu madre, pero fue una ingenua al tener una aventura con un hombre casado.

—Ella no sabía que estaba casado –replicó Rafael en un tono de voz amenazadoramente tranquilo–. Él la mintió.

Todos los hermanos miraron a su padre.

—¿Es cierto? –fue Megan quien formuló la pregunta que todos pensaban.

—No lo recuerdo...

—No intentes cubrir tu mentira con otra –le advirtió Rafael.

Phillip apoyó la cabeza en las manos.

—Está bien, lo admito. Es cierto. Pero ella no quiso romper ni siquiera cuando descubrió que estaba casado.

—Ella te quería –dijo Rafael con una voz cargada de desprecio–. Pensaba que ibas a dejar a tu mujer y casarte con ella.

Phillip echó la cabeza hacia atrás.

—Yo jamás le prometí eso.

Rafael sacudió la cabeza, asqueado.

—Diles lo joven que era.

—No... no lo recuerdo.

—Tenía dieciocho años. Era poco más que una chiquilla. Y tú te aprovechaste de su inexperiencia.

—Pero ¿y mamá? –intervino Megan. ¿No sabía nada de esa aventura?

—No... –respondió Phillip–. Hasta ayer no sabía nada. María se marchó y nunca más regresó.

–Pero intentó ponerse en contacto contigo –le recordó Rafael–. Vino a Nueva Zelanda a visitar la tumba de su tío abuelo Fernando, un monje que abandonó un monasterio español para seguir su fe hasta Hawkes Bay y que murió en el terremoto de 1931. Una sociedad histórica le entregó a mi madre los diarios que había escrito, y ella cometió el error de enseñárselos a su amante… –miró furioso a Phillip–, quien robó las técnicas que Fernando había perfeccionado.

Phillip agachó la cabeza.

–No tengo ningún diario en mi poder.

A Caitlyn le dio un brinco el estómago. Conocía los diarios a los que supuestamente se refería Rafael. Eran tres volúmenes, encuadernados en piel negra y escritos con una letra elegante y cuidada. La letra de un erudito, un monje tal vez, el tío abuelo de Rafael.

Abrió la boca, pero volvió a cerrarla cuando Phillip la miró.

Aquellos tres volúmenes estaban en poder de Caitlyn. Concretamente en el cajón de su mesita de noche.

¿Era cierta la acusación de Rafael? ¿Le había robado Phillip esos diarios a una mujer joven e ingenua? ¿Sería posible que hubiera seducido a María tan solo para hacerse con los manuscritos?

No quería ni considerar la posibilidad. Pero la pasión de Phillip siempre había sido elaborar un vino fortificado que le granjeara el reconocimiento internacional, y le había inculcado esa misma pasión a Caitlyn cuando ella entró a trabajar en Saxon's Folly.

Un fuerte bufido la arrancó de sus turbadoras divagaciones.

–Si esa parte que reclamas se basa en la fortuna que supuestamente ganamos con el vino, siento decirte que estás muy mal informado –dijo Heath–. Con el aumento de los impuestos sobre los vinos fortificados, no merece la pena seguir en el negocio, aunque mi padre se empeñe en lo contrario.

A Caitlyn se le revolvió el estómago. Ella había compartido la obsesión de Phillip, y juntos habían hablado de comprar unos terrenos en Jerez y producir una mezcla que pudiera competir con el famoso vino español.

–¿O quizá esto no sean más que las artimañas de un oportunista? –añadió Heath.

Rafael se apartó de la ventana y su expresión se tornó fría como el hielo.

–No necesito ninguna artimaña. Soy el marqués de Las Carreras.

Megan ahogó una exclamación.

–¿El marqués de Las Carreras? ¿Fuiste tú quien habló de la manzanilla en un certamen de vinos en París?

Rafael desvió la mirada hacia la más joven de los Saxon.

–Así es. Nos conocimos brevemente.

–Te felicité por las medallas de plata que habías ganado con tu manzanilla.

Rafael asintió.

–Por desgracia, mi manzanilla no es tan excelente como el fino de Saxon's Folly.

Joshua frunció el ceño.

–Y si no es una cuestión de dinero, ¿qué es lo que quieres?

–Quiero que él –una vez más señaló con la cabeza a Phillip– me compense por el daño que nos hizo a mi madre y a mí. Quiero la parte que me corresponde de Saxon's Folly, y siendo el mayor de sus hijos espero una parte adicional. Y quiero que me devuelva los diarios de Fernando.

Capítulo Tres

–¿Es que no tienes compasión? –le espetó Caitlyn a Rafael cuando salieron al exterior. Aún estaba conmocionada por la reacción que había suscitado la exigencia de Rafael, quien se había limitado a adoptar una expresión desdeñosa y decirles a los Saxon que sus abogados se pondrían en contacto con ellos–. Los Saxon lo están pasando muy mal.

Rafael no respondió y siguió caminando.

–Si es vengarte lo que quieres, estás cometiendo un grave error. Al final serás tú el que más pierda de todos.

Él se detuvo y se giró hacia ella.

–¿Cómo voy a perder? –el fuego volvía a arder en su mirada–. ¿Y qué si quiero vengarme? Tengo todo el derecho del mundo, después de lo que ese canalla le hizo a mi madre.

Caitlyn se encogió ante el odio que despedían sus palabras.

–No se trata de que tu venganza sea merecida o no, Rafael, sino de renunciar a ella.

–No pienso escuchar tus tonterías. Conseguiré mi parte de Saxon's Folly... y luego la venderé.

–¿Venderla?

–Sí, venderla.

Caitlyn se quedó horrorizada. De modo que aquel era el plan de Rafael. Y para llevarlo a cabo había apuntado despiadadamente al talón de Aquiles de la familia.

–Los Saxon siempre han tenido este negocio y han rechazado todos los intentos de las grandes multinacionales por comprarlo. No puedes hacer eso.

Él le dedicó una sonrisa diabólica.

–Ponme a prueba.

Había esperado el momento idóneo para destruir a los Saxon; la familia estaba destrozada por la muerte de Roland y no podrían defenderse de los implacables ataques de Rafael.

¿Cómo era posible que no se diera cuenta de lo que iba a hacer?

No, no podría hacerlo. Caitlyn se tranquilizó y lo miró fijamente a los ojos.

–No te lo permitiré.

–No me esperaba otra cosa de ti, señorita Ross. Al fin y al cabo estás de parte de ellos.

Para Rafael era evidente el esfuerzo que Caitlyn Ross estaba haciendo para no discutir con él. Sus hombros se elevaban y descendían bajo la ridícula camiseta deportiva que tan solo servía para realzar su esbelta feminidad. El cuello blanco le enmarcaba la delicada columna de la garganta y los puños engullían sus finas muñecas.

La observó en silencio mientras ella soltaba un tembloroso suspiro.

–¿No tienes nada que decir? –le preguntó él con una ceja arqueada, y reprimió una sonrisa triunfal cuando ella le lanzó una mirada asesina.

–Tengo mucho que decir –masculló entre dientes–, pero me estoy conteniendo para no contrariarte.

Su sinceridad le arrancó una carcajada.

–¿Por qué contenerse? Hasta ahora has sido de lo más directa... Vamos, di lo que piensas.

–¿Y adónde me ha llevado esa franqueza? Lo único que he hecho ha sido empeorarlo todo. Por mi culpa Kay está sufriendo...

–Lo habría descubierto tarde o temprano. Es difícil ocultar a un hijo bastardo.

–Gracias por el consuelo –murmuró ella secamente.

–Vamos, dime lo que ibas a decir –insistió él. Quería volver a ver la chispa en sus ojos.

–Crees que soy demasiado sincera, ¿verdad?

–Resulta agradable, para variar –no añadió que eran pocos, y pocas, los que se atrevían a discutir con él–. Dime lo que querías decir. ¿De verdad podría contrariarme? ¿O quizá quieres algo de mí?

Casi todas las mujeres querían algo de él... Su título, su fortuna, el matrimonio, una vida de lujos y caprichos como marquesa de Las Carreras. Incluso las que se conformaban con un revolcón en su cama esperaban que las cubriese con joyas y ropas caras durante su breve romance.

¿Cuándo había renunciado a la esperanza de encontrar una mujer que lo amara por ser quien era, Rafael, y nada más?

–Pues sí, quiero algo de ti –dijo ella–. Quiero que reconsideres lo que vas a hacer.

–¿Te refieres a renunciar a lo que me corresponde por derecho?

–No, no. Entiendo que quieras una parte de todo esto. Y seguro que llegarás a un acuerdo con los Saxon. Pero no lo vendas. Quédate. Intenta conocer mejor a tu familia...

–Soy un hombre ocupado. No tengo tiempo que perder.

–¿Ni siquiera un mes o un par de semanas? Te quedan años por delante. Es tu sangre, tu familia. Si no puedes renunciar a la venganza, será mejor que te vayas hoy mismo.

¿Lo estaba desafiando? No, imposible. Ella no sabía con quién estaba hablando realmente. No sabía nada de la enorme finca, Torres Carreras, que poseía en España, ni del inmenso poder que acaparaba. Únicamente lo veía como una amenaza a sus queridos Saxon. Nada más. Rafael nunca había conocido a nadie como ella.

Caitlyn no quería nada de él. Ni dinero, ni regalos ni anillos de compromiso. Y seguro que respiraría aliviada si él desapareciera para no volver nunca más.

Estaba sorprendido. Hacía mucho que no conocía a alguien que no quisiera nada material de él. Lo único que le pedía era que se congraciara con su padre y sus hermanastros... o que se largara de allí cuanto antes.

No quería nada para ella. Solo intentaba proteger a los Saxon.

—No voy a marcharme hoy. He cambiado el vuelo.

No era tan fácil engañarla. Sabía que Rafael se quedaba allí para conseguir su parte de Saxon's Folly. No porque la necesitara, sino por lo que representaba. Era su oportunidad para enmendar todo el daño que se le había hecho a su madre y a la memoria de Fernando.

Y seguramente intuía que Rafael anhelaba ver la cara de Phillip cuando le dijera que había vendido su parte al primer postor. Caitlyn Ross veía lo que los demás no veían, y desde el principio había intuido que él estaba allí para buscar venganza.

Se sorprendió a sí mismo haciéndole una propuesta.

—Si hago lo que me pides, si me quedo un par de semanas... ¿cenarás conmigo?

Una coraza de hielo pareció envolverla.

—¡Eso no es justo!

—¿Por qué no? Si me quedo estaré haciendo lo que tú quieres... no lo que yo quiero.

—No es que no quiera cenar contigo... Es que yo nunca salgo con nadie.

Su respuesta desconcertó y disgustó a Rafael. Se sentía herido en su orgullo. Ninguna mujer lo había rechazado jamás.

—Eres una mujer joven y atractiva.

Ella se ruborizó y desvió la mirada.

–No quiero hablar de ello.

Sus reservas le advirtieron a Rafael que debía andarse con cuidado, pero la posibilidad que rondaba su cabeza lo irritó todavía más.

–¿Es por lo que crees sentir hacia Heath?

Ella lo miró horrorizada.

–¿Qué quieres decir? –él no respondió y ella soltó una pequeña carcajada–. No tiene nada que ver con Heath. Ni siquiera sabe que existo.

–Es un idiota... igual que tú, por estar enamorada de un hombre así. ¿Desde cuándo llevas detrás de él?

–Es complicado. No podrías entenderlo.

–¿Tan bobo te parezco?

–No, no. No estoy insultando tu inteligencia. Es culpa mía.

Rafael esbozó una sonrisa irónica.

–Ah, esta es una de esas ocasiones en las que una mujer moderna dice eso de: «no es por ti, es por mí».

La tristeza que vio en los ojos de Caitlyn casi hizo que se arrepintiera de sus burlas, y en una milésima de segundo tomó una decisión.

–Me quedaré dos semanas. Llamaré al hotel para ampliar la reserva.

–¡No! –exclamó ella, sorprendiéndolo–. No puedes quedarte en un hotel. Hay tres casas de huéspedes en la finca. Seguro que puedes alojarte en una de ellas.

–Está bien –accedió él, y a ella se le iluminó el

rostro como si le hubiera ofrecido el cielo. Sus ojos, antes fríos y hostiles, destellaban como dos perlas azules llenas de entusiasmo–. Pero no te hagas ilusiones.

–Lo entiendo –dijo ella finalmente–. Sigues decidido a vender tu parte de Saxon's Folly.

–En efecto, y no creas que podrás hacerme cambiar de opinión.

Varios días después, Caitlyn se dirigía a su casa muerta de cansancio. El camino que conducía de la bodega a las cuadras, encima de las cuales tenía ella su apartamento, le parecía más largo y accidentado de lo normal.

Había sido una jornada agotadora. Rodeada por los barriles de roble, Caitlyn se había pasado el día trasegando el vino para remover las impurezas. El trasvase de un barril a otro tenía que realizarse rápidamente para reducir al mínimo la exposición del vino al aire, y como resultado había acabado con horribles dolores en la espalda y los pies. Lo que más anhelaba en esos momentos era una ducha refrescante y la única compañía de un buen libro.

Pero aquel día era jueves y tocaba cenar en familia. Una vez a la semana los Saxon se reunían para cenar todos juntos y extendían la invitación a quienes se consideraba como parte de la familia. Caitlyn era una de ellos, y también estaría Amy, la novia del pobre Roland. Y como Kay había accedido de mala gana a que Rafael se instalase en una de las casas de huéspedes, cabía la posibilidad de que también él estuviera presente.

Si así fuera, los Saxon necesitarían todo el apoyo que pudieran conseguir. Caitlyn no podía abandonarlos.

Un silbido la hizo detenerse y levantar la cabeza. Rafael estaba recostado en una mata de hierba en el interior de un prado junto a las cuadras, con la espalda apoyada en la valla. Caitlyn se fijó en su largo pelo oscuro, al que el sol arrancaba reflejos azulados. El corazón se le aceleró y desvió la mirada.

Lady Killer estaba a pocos metros, con las orejas hacia atrás y la cola entre las patas, protestando ante la invasión humana de su espacio.

—Ven, siéntate —la invitó Rafael, dándole unos golpecitos al montón de hierba.

A Caitlyn se le desbocó el corazón. No podía fingir que no lo había visto.

—Creía que estabas durmiendo.

Él abrió un ojo.

—Eso quería hacerle creer al caballo.

—Ese caballo odia a las personas —Caitlyn se acercó y apoyó los brazos en la valla.

Rafael siguió silbando tranquilamente. Lady Killer permanecía con las patas rígidas, mostrando su creciente descontento.

—Siéntate —le murmuró Rafael a Caitlyn—. Lo estás amenazando ahí de pie.

—¿Yo? —Caitlyn soltó una carcajada de incredulidad y miró nerviosa la hierba que Rafael estaba tocando. Su postura relajada y su mirada fija en el caballo la convencieron de que no suponía ningún peligro para ella, de modo que pasó su dolorido cuerpo entre los listones de la valla y se acomodó en la hierba junto a Rafael.

Él no reaccionó. Poco a poco la tensión fue abandonando los músculos de Caitlyn. Era delicioso descansar en aquel prado y aspirar el fresco olor de la hierba aplastada.

Rafael ni siquiera abrió los ojos, y Caitlyn aprovechó la ocasión para examinarlo de cerca. El perfil duro y curtido, los labios sensualmente fruncidos, la piel aceitunada de sus marcados pómulos, la pequeña cicatriz bajo la boca... Era demasiado viril, demasiado... macho para ser considerado hermoso.

–No es tan duro como hace creer a todos –dijo él, devolviendo la atención de Caitlyn al caballo.

–¡Ja! Por algo lo llaman Lady Killer... y no te creas que es por seducir a las yeguas.

–No es un asesino. Es un caballo andaluz, un pura raza. En mi tierra son los caballos más preciados y nos tomamos muy en serio su cuidado y doma. No dejamos que se vuelvan salvajes y desconfiados como este semental.

–Nadie lo ha abandonado –protestó Caitlyn–. Roland lo compró cuatro meses antes de morir. Quería prepararlo para la doma clásica, pero demostró ser más difícil de lo que parecía y Roland ya tenía demasiado trabajo en la bodega.

–Alguien tiene que encargarse del caballo.

–Nadie tiene tiempo para hacerlo.

–O interés. Yo tengo dos semanas. Hablaré con mi padre. Este animal necesita que le dediquen tiempo.

Caitlyn lo miró con asombro. Hasta ese momento lo había odiado por su deseo de venganza, pero quizá ya no estuviera tan resentido. Era la primera vez que se refería a Phillip como «mi padre», y para Phillip sería un alivio que Rafael se ocupara del caballo en vez de estar merodeando por las viñas.

–Será una perdida de tiempo. Nadie puede con este caballo. Jim se limita a soltarlo en el prado por la mañana con heno suficiente para el día, y por la noche le abrimos la puerta del establo para que él mismo entre en busca de su comida.

Rafael la miró fijamente a los ojos.

–¿Quién es Jim?

–Uno de los mozos. Ayuda a Megan a darles de comer a los caballos y limpia las cuadras por la mañana. También echan una mano los estudiantes de la escuela politécnica que hacen aquí las prácticas. Y también yo, cuando Megan está de viaje.

–¿Sabes montar?

–Sí, suelo montar a Breeze cuando Megan está fuera –señaló una bonita yegua alazana en el prado contiguo. La penetrante mirada de Rafael la hizo removerse con inquietud–. ¿Qué crees que podrás hacer con el semental en solo dos semanas?

Él se encogió de hombros.

—Enseñarle a confiar en mí.

—Es inútil. Ese caballo no confía en nadie.

—Ya sabe que no quiero hacerle daño.

—Si alguien puede hacer daño es ese caballo desquiciado.

—No está desquiciado, solo está asustado.

—¿Cómo lo sabes?

Rafael no giró la cabeza. Su recio perfil se recortaba contra la hierba y los árboles.

—La primera vez que levanté el brazo se puso a resoplar y a piafar e intentó morderme. Ahora, cuando lo levanto, se limita a encogerse y a aplastar las orejas. Alguien lo ha golpeado con saña —su voz estaba cargada de ira.

—No ha sido ninguno de los Saxon —se apresuró a defenderlos Caitlyn—. Ya era difícil cuando lo compró Roland.

—No estaba acusando a tus queridos Saxon, pero me saca de quicio que un buen animal se eche a perder por el maltrato de un desequilibrado.

Caitlyn se quedó callada, sintiendo un enorme respeto hacia él. Su fuerza e inquebrantable voluntad irradiaban de su cuerpo grande y fibroso, pero también se adivinaba un corazón bondadoso. Y ella no se atrevía a examinar por qué aquel atisbo de humanidad la conmovía tanto.

—¿Se ocupa alguien del semental? —preguntó él.

—No desde que arrinconó a Jim entre la pared y sus poderosos cuartos traseros y le lanzó una coz a la cabeza. Jim tuvo suerte de poder escapar a tiempo.

Rafael guardó silencio durante un largo rato.

–Hagamos una apuesta –dijo él de repente–. Si dentro de una semana tengo al caballo comiendo de mi mano cenarás conmigo en la ciudad.

–¿El que pierda paga la cuenta? –Caitlyn se echó a reír. Rafael no tenía la menor posibilidad con aquel caballo–. Será mejor que lleves la cartera.

–No voy a perder –le echó una mirada entornada que le cortó la carcajada y le hizo sentir mariposas en el estómago. Y cuando le dedicó una amplia sonrisa triunfal, a Caitlyn se le disparó la adrenalina–. Lograré mi propósito –dijo en tono suave–, y tú y yo tendremos una cita.

Caitlyn se dio cuenta, demasiado tarde, de que había caído en la trampa. Ganara o perdiera, tendría que salir a cenar con él.

Una hora más tarde, después de haberse duchado y cambiado de ropa, Caitlyn entró en el salón de los Saxon y se detuvo al ver a Phillip y a Rafael observándose el uno al otro.

Los dos hombres se giraron hacia ella con aliviados, y la tensión se relajó un poco cuando Caitlyn empezó a hablar de Lady Killer. Normalmente bastaba con pronunciar el nombre del semental para provocar discrepancias, pero por una vez Phillip acogió el tema de buena gana y pronto los dos hombres estuvieron discutiendo sobre si sería posible adiestrar al embravecido semental.

Caitlyn observó a Rafael en silencio. No había

olvidado lo fácilmente que él la había arrastrado poco antes a una falsa sensación de seguridad. Y sus recelos aumentaron cuando advirtió la velada expresión de Rafael al examinar los cuadros, los muebles y la alfombra persa en el reluciente suelo de kauri.

¿Estaría calculando el valor de la parte que le correspondía de todo aquello?

–Pero ten cuidado –estaba diciendo Phillip–, ese condenado caballo provocó un accidente el mes pasado, y Alyssa resultó gravemente herida.

–¿Alguien ha dicho mi nombre? –Alyssa entró en el salón, acompañada de Joshua. Esbelta y sofisticada, lucía un vestido ambarino que realzaba su espectacular belleza y su melena caoba.

Comparada con ella, Caitlyn se sintió desnuda con sus vaqueros desteñidos.

–Estábamos hablando de tu caída –le dijo Caitlyn, recordando el dramático momento en que Alyssa cayó al suelo del patio y se quedó inmóvil y mortalmente pálida, con Joshua arrodillado y muerto de miedo junto a ella. Por unos angustiosos instantes, se habían temido lo peor.

–La mano ya casi no me duele –afirmó Alyssa, mostrando el vendaje.

–Debería haberle pegado un tiro a ese caballo –dijo Joshua, rodeándola con un brazo.

–No fue culpa suya –protestó Alyssa, acurrucándose contra su pecho.

–¿Alyssa lo montaba? –preguntó Rafael, sorprendido.

–No –respondió Caitlyn–. Estaba montando a Breeze. Dos chicos estaban escondidos en el prado, detrás de los árboles, y Lady Killer...

–No me gusta ese nombre –la interrumpió Rafael–. Hace que el caballo parezca un asesino.

–A punto estuvo de matar a Alyssa.

–No digas tonterías, Josh. Estoy bien.

Joshua se frotó la mejilla contra su pelo, y Alyssa le dedicó una sonrisa llena de amor. Al verlos juntos Caitlyn sintió que algo se derretía en su interior. Aquella era la clase de amor con la que había soñado, pero que cada vez le parecía más inalcanzable.

–Es un demonio –dijo Joshua.

–Pues llámalo Diablo –propuso Rafael–. Es mejor que Lady Killer –le asintió con la cabeza a Alyssa–. Siento haber interrumpido el relato de los hechos.

Caitlyn siguió contando la historia mientras Joshua besaba a Alyssa en la sien.

–Cuando Joshua y Alyssa volvían de su paseo, Lady Killer... Diablo –rectificó ante la severa mirada de Rafael– estaba muy alterado por culpa de esos niñatos que habían invadido su territorio. Los chavales huyeron en una moto, y Breeze se encabritó al oír el rugido del motor.

–Alyssa cayó y se lastimó la mano –añadió Phillip–. Tal vez ese incidente no fuera culpa del semental, pero lo que le hizo a Jim cuando lo arrinconó en el establo... Como algo así vuelva a suceder, haré que lo sacrifiquen.

—Antes déjame ver lo que se puede hacer —dijo Rafael.

—Por lo que a mí respecta, si puedes domarlo es tuyo —le ofreció Phillip.

Rafael pareció sorprendido, pero rápidamente endureció el rostro. Se disponía a decir algo cuando Kay y Megan entraron en el salón. Caitlyn frunció el ceño al ver la elegante falda de Kay.

—La cena será servida dentro de quince minutos —anunció Kay—. Parece que ya estamos todos —recorrió al grupo con la mirada. Apenas miró a Phillip y su expresión se ensombreció al fijarse brevemente en Rafael.

Caitlyn sintió en carne propia el dolor de la mujer al encontrarse con la prueba irrefutable de la infidelidad de su marido. Nuevas arrugas habían aparecido en su rostro desde la llegada de Rafael y la revelación de Phillip.

—Amy no ha venido —dijo Caitlyn para distraer a Kay.

—No, ha dicho que no se sentía bien.

—Heath aún no ha llegado. Siempre se retrasa —dijo Phillip en tono crítico.

Kay pareció contrariarse aún más.

—Si ha tenido un día como el mío, apenas habrá acabado de trabajar —dijo Caitlyn, en un esfuerzo para evitar el enfrentamiento entre Phillip y Kay.

Su rápida defensa de Heath le hizo ganarse una mirada entornada de Rafael que le provocó un brinco en el estómago.

—No le busques excusas, Caitlyn. Llega tarde,

como siempre –repuso Phillip–. ¿Qué tal si nos ponemos cómodos mientras lo esperamos? –señaló un par de sofás–. ¿A alguien le apetece una copa?

Joshua se dejó caer en un sillón y Alyssa se sentó en el brazo, mientras que Megan se acomodó en el sillón azul marino que siempre había ocupado Roland. Caitlyn sintió una punzada de tristeza mientras se sentaba en uno de los sofás. Todo el mundo echaba terriblemente de menos a Roland.

–¿Quieres un *sauvignon blanc* o un jerez? –le preguntó Phillip a Caitlyn.

–Un jerez, por favor.

Rafael se sentó junto a ella en el sofá y Caitlyn se puso rígida al sentir su abrumadora virilidad, pero se giró hacia él con una amable sonrisa.

–Tienes que probar el fino Flores. Es el mejor de Saxon's Folly.

–Tomaré el vino blanco –repuso Rafael–. Así que aquí lo llamáis jerez, ¿no?

–Es la costumbre. La etiqueta no se refiere al jerez y solo lo describe como «fino Flores». Pero lo que producimos es fino español, basado en...

–¿En...?

«En las notas de su tío abuelo».

Caitlyn sacudió la cabeza y tomó un sobo de la copa que le había ofrecido Phillip. A pesar de que el líquido dulce tenía un sabor amargo en la boca. Rafael no solo había ido hasta allí para vengar a su madre, sino también porque creía que Phillip había robado los diarios de su tío. Después del terrible enfrentamiento en su despacho, Phillip se había llevado a Caitlyn aparte y le había explicado que le había comprado los diarios a María. Le había hecho jurar a Caitlyn que no diría nada, pues no quería que Rafael se hiciera con aquellos diarios ni con las fabulosas técnicas que contenían.

Afortunadamente, Rafael no exigió una respuesta.

–Lo que estás tomando es fino Flores, ¿no?

A Caitlyn se le desbocó el corazón y se pasó la lengua por los labios secos. Tenía la mente en blanco, pero finalmente asintió con la cabeza.

–La primera vez que lo probé –continuó Rafael–, me quedé… ¿cómo diría? Alucinado. Era lo que llevaba años intentando conseguir. De niño oía las historias de mi madre sobre el jerez que elaboraba mi tío abuelo. Intentó recordar lo que había leído en los diarios –le echó una torva mirada a Phillip–. Mi madre había tomado algunas notas como estudiante de historia, no como vinicultora. Pero con la ayuda de mi pa… del marqués, me dio el empujón que necesitaba.

Caitlyn tragó saliva, dolida por el anhelo que se adivinaba en los ojos de Rafael.

–Quería elaborar un jerez como ese. Un vino que hubiera hecho sentirse orgulloso a mi tío abuelo… –se apagó el brillo conmovedor de sus ojos– pero me tuve que conformar con probarlo en Francia. Todo el mundo estaba asombrado por su calidad excepcional. Era como saborear el néctar de los dioses. La perfección absoluta –miró a Caitlyn de reojo–. Apunté los nombres de los fabricantes: Ross y Saxon. Y me quedé maravillado por su talento.

–Rafael... –intentó detenerlo Caitlyn, sospechando dónde quería ir a parar.

–Pero su talento no fue un regalo del cielo, ¿verdad? –continuó él con dureza–. No puedo expresar lo que sentí cuando mi padre, el marqués, me confesó que mi verdadero padre era Phillip Saxon –su mirada estaba apagada y vacía–. Fue como si la pieza que faltaba del puzzle hubiera caído en mis manos.

Caitlyn aguardó con la boca seca.

–Al momento supe que el néctar que había probado en Francia era idéntico al que se referían las notas que mi madre me había dado. Y supe entonces que... –la voz se le quebró cuando Phillip se acercó–. ¿Quién es el experto?

Caitlyn se había quedado fascinada con los polvorientos diarios que había sacado de la biblioteca y que había leído de principio a fin. Su contenido le había desatado la imaginación.

–Siempre he elaborado jerez –dijo Phillip, intentando ofrecer una imagen humilde y modesta–. Caitlyn se puso a trabajar conmigo cuando llegó aquí, pero desde que Heath se marchó ha tenido que ocuparse de otras muchas cosas.

A Caitlyn le molestó que desestimara el verdadero papel que había jugado ella en la elaboración de los vinos fortificados de Saxon's Folly. Pero luego vio la furia contenida en el rostro de Rafael y sintió ganas de llorar. Rafael creía que Phillip había adquirido sus conocimientos de los diarios de Fernando, los mismos que según él le había robado a su madre, y la actitud de Phillip solo serviría para intensificar el deseo de venganza. ¿No se daba cuenta de que, lejos de presentarse ante Rafael como una figura digna de admiración, se estaba ganando su odio y desprecio?

No podía quedarse de brazos cruzados. Que Phillip conservara su orgullo, pero ella también debía responsabilizarse de sus actos.

—Phillip siempre ha sido mi mentor, pero es verdad que desde que Heath compró la finca del padre de Amy y dejó de ser el vinicultor de Saxon's Folly yo apenas he tenido tiempo para dedicarme al jerez.

—Heath no debería haberse marchado —murmuró Phillip.

—Discrepábamos en demasiadas cosas, papá —dijo Heath desde la puerta—. Tomaré un jerez, gracias.

—Llegas tarde —le reprochó su padre.

—Mamá me dijo que Amy no iba a venir esta noche, de modo que me he pasado por su casa mientras venía hacia aquí para ver si se encontraba bien.

—Le habría sentado bien salir de casa —dijo Kay tristemente—. Lleva toda la semana encerrada y tampoco va a trabajar.

—Estas últimas semanas estaba muy pálida y demacrada —intervino Megan—. Es mejor que se haya tomado un poco de tiempo libre. Estaba tan ocupada intentando animarnos a nosotros y ocupándose de la bodega que ni siquiera pudo llorar la muerte de Roland.

–He intentado hablar con ella, pero no ha querido –dijo Heath con frustración–. Se cierra en banda a cualquier sugerencia.

–¿Debería hablar yo con ella? –preguntó Joshua–. ¿Podría servir de algo?

–Puede ser –concedió Heath.

–Tenéis que darle tiempo –les aconsejó Alyssa–. Ha perdido al hombre al que amaba. Yo en su lugar estaría destrozada.

–Lo está –Heath se derrumbó en el sofá. Parecía más cansado de lo que Caitlyn se sentía. Eran momentos terribles para los tres hermanos. La muerte de Roland, la aparición de Rafael y el descubrimiento de la infidelidad de su padre hacía que todos estuvieran al borde de un colapso nervioso.

Ivy llegó con una bandeja de copas llenas de jerez y *sauvignon blanc*.

Rafael se inclinó hacia delante para dejar su copa de vino.

–Espera –lo detuvo Caitlyn, tocándolo en el brazo–. No la pongas ahí.

Él miró la mano y luego levantó la vista hasta sus ojos. El impacto fue como una descarga eléctrica. Y la ceja arqueada de Rafael le dijo a Caitlyn que él también la había sentido.

Sentía su piel ardiente bajo la mano. Empezó a retirarla, pero lo pensó mejor y se detuvo. Ella era una vinicultora afamada y laureada. ¿Por qué tenía que asustarla el contacto con la piel desnuda de un hombre como si fuera una virgen miedosa y mojigata? Dejó la mano donde estaba y sostuvo el duelo visual. Sintió cómo él contraía los músculos del brazo y vio cómo sus ojos se volvían más oscuros que una noche cerrada.

De repente tuvo la sensación de que estaba yendo más lejos de lo que nunca había ido, y por un instante se lamentó de no haber retirado la mano cuando aún era posible. Pero aquel momento ya había pasado.

Él sonrió y le habló en voz baja para que solo ella pudiera oírlo.

–Me estoy acostumbrando a que me digas lo que debo hacer.

Ella se puso colorada.

–Lo siento. No era mi intención. Pero esta mesa ha pertenecido a la familia de Kay desde hace siglos, y no quiero que se queden las marcas de las copas –agarró una caja pintada a mano y sacó unos cuantos posavasos que dispuso sobre la mesita.

–Me sorprende que Kay la haya colocado justo aquí, donde es fácil que se manche o se deteriore.

–Le gusta rodearse de objetos que tengan algún significado. No creo que le importe que se manche… lo vería como parte de su belleza.

–Pero tú no quieres que sufra…

–No. Los Saxon se han portado muy bien conmigo y ahora me toca a mí protegerlos. ¿No harías tú lo mismo si estuvieras en mi lugar? –sus miradas se sostuvieron en una mutua y silenciosa comprensión, hasta que Phillip volvió a hablar.

–¿Qué te parece el jerez, Heath?

–Muy bueno.

–Es mejor que bueno. Es excelente –repuso Phillip, pero Heath no respondió–. ¿Seguro que no quieres probarlo, Rafael?

–Seguro –el tono de Rafael era escalofriantemente formal. Caitlyn se estremeció y miró a Phillip, quien estaba enzarzado en su particular discusión con Heath y no parecía advertir que estaba contrariando a Rafael ensalzando las virtudes del jerez.

Heath estiró las piernas... y se dirigió a Rafael.

–Esto es lo que me distingue de mi padre. A mí no me interesan los premios ni los trofeos. Simplemente me dedico a elaborar vinos de mesa.

–No le hagas caso –dijo Joshua–. Los vinos que produce son soberbios... nada de vinos corrientes.

–Deberías probarlos, Rafael. Son realmente fabulosos –corroboró Caitlyn.

–Gracias por el cumplido, ratita –dijo Heath.

–¿Ratita? –repitió Rafael con una mueca de disgusto.

–Es mi apodo –le explicó Caitlyn, dedicándole una media sonrisa a Heath. Pero los ojos entornados de Joshua revelaron que la tensión era evidente en la sala. Al otro lado del salón Kay se mordía el labio y miraba con inquietud a su marido, al intruso español y a su hijo menor.

Y Rafael parecía un barril de dinamita a punto de explotar.

A la luz de las velas Rafael examinó el vino de color pajizo en el cristal de Baccarat, antes de mirar a Caitlyn por el borde de la copa. También ella había acabado de comer.

Ratita...

Reprimió un bufido. Heath no podría estar más equivocado. Aquella mujer no era ninguna ratita.

Ella giró la cabeza hacia él y Rafael se sintió invadido por el deseo cuando sus ojos se encontraron. Aquellos ojos azules tan claros y puros que todo lo que veían...

–¿Qué piensas? –le preguntó ella.

No podía pensar cuando aquellos ojos lo hechizaban.

–¿Prefieres vino tinto?

Rafael volvió a la realidad, a la copa que sostenía, al comedor de los Saxon y a la conversación que giraba en torno al tiempo y a la escala Brix.

Aquella noche estaba sumido en un profundo desasosiego. Sentía el resentimiento de sus hermanastros, algo por lo que no podía culparlos. Odiaba a Phillip, su deshonesto padre, quien no tenía escrúpulos en ofrecerle jerez y presumir de los premios que había conseguido gracias a los diarios que le había robado a una mujer enamorada y vulnerable. Y parte de su rencor lo volcaba en Caitlyn, cuyo nombre acompañaba al de Phillip Saxon en la etiqueta del vino.

—Si me disculpáis —se levantó y se dirigió hacia la puerta. Ansiaba un cigarrillo, aunque había dejado de fumar hacía diez años.

Notó la presencia de Caitlyn al salir al exterior.

—Necesitaba un poco de aire fresco —se sintió obligado a explicarle.

Ella le sonrió y la turbación de Rafael se calmó un poco. Tal vez estuviera siendo demasiado duro. Después de todo, Caitlyn no había hecho más que seguir las instrucciones de Phillip Saxon.

—¿Cómo acabaste trabajando para Saxon's Folly? —le preguntó para distraerse.

—Heath me daba clases particulares en mi primer año de universidad. Nos hicimos amigos y me consiguió un trabajo de verano en Saxon's Folly. Al acabar los estudios, su familia me ofreció un empleo a jornada completa en las bodegas.

Rafael ladeó la cabeza para mirarla.

—¿Por qué Heath te eligió precisamente a ti?

—Es un buen hombre y creo que sentía lástima por mí —soltó una amarga carcajada.

¿Lástima por ella? ¿Pero qué demonios le pasaba a aquel hombre?

—¿Pero por qué?

Ella dudó unos instantes.

—Era una empollona. Siempre estaba estudiando. Acabé la universidad con matrícula de honor y solo quería seguir aprendiendo.

—Ah... —una mujer tan culta e inteligente enamorada de un imbécil como Heath Saxon.

Le echó una mirada asesina a su hermanastro a

través de las cristaleras. ¿Acaso no veía a la mujer que se escondía bajo los vaqueros desteñidos y las zapatillas viejas?

–Heath ya era vinicultor aquí –estaba diciendo Caitlyn–. Recibió el puesto de Phillip, quien se había dejado la piel durante los últimos diez años. Joshua estudiaba y se encargaba de los viñedos, y Roland se ocupaba del marketing.

–Y fue entonces cuando decidió dividir la propiedad entre sus hijos y su mujer, quedándose él con la mayor parte.

Ella lo miró con ojos muy abiertos.

–Me he ocupado de investigar un poco –dijo él.

–A Megan le dio una parte igual a la de sus hermanos.

–Solo cuando acabó los estudios.

–Era más pequeña –arguyó Caitlyn.

–¿Por qué dejó Heath de trabajar aquí?

Caitlyn se encogió de hombros.

–Heath y Phillip tuvieron una fuerte discusión. Por aquel entonces yo era ayudante de vinicultura, y Heath les sugirió a Phillip y Kay que me ofrecieran el puesto de vinicultor oficial de Saxon's Folly.

–¿No creías estar a la altura?

–Siempre había sido mi sueño, pero nunca creí que pudiera hacerse realidad.

–Y menos con un Saxon ocupando el puesto –dijo él con ironía–. Necesitabas que Heath se largara.

–¡No es verdad! –exclamó ella–. ¿Cómo puedes insinuar algo así? Heath siempre se portó muy bien conmigo. Me apoyaba y animaba más que nadie y... –no acabó la frase y sacudió la cabeza con frustración–. Bah, ¿de qué sirve intentar explicártelo? No lo entenderías.

Pero él sí que lo entendía, y no necesitaba ninguna explicación para atar los cabos. Caitlyn había creído enamorarse de Heath Saxon.

Caitlyn vio cómo apretaba los labios y deseó que pudiera superar la absurda rivalidad que compartía con Heath.

¿Cómo podía explicarle lo que para ella había supuesto ser ascendida a vinicultora jefe? Era lo máximo a lo que podía aspirar, la ilusión de toda su vida, y ni siquiera la esperanza de gustarle a Heath podía competir con aquel logro. Sobre todo cuando empezaba a ver aquel sueño de amor como la simple fantasía romántica de una empollona.

Dejó a Rafael para volver a entrar en la casa. No quería pensar en qué podía haberla llevado a hacer una revelación semejante.

Capítulo Cuatro

Más tarde, tras despedirse de Phillip y Kay, miró a Rafael, que estaba escuchando la discusión de Alyssa y Joshua sobre la conveniencia de que Saxon's Folly patrocinara un programa televisión de gastronomía y vinos. Rafael apenas había abierto la boca desde la conversación en el patio. Ni siquiera había querido tomar postre... y nadie rechazaba jamás la *pavlova* de Ivy.

Pero también ella se había mantenido en silencio, conmocionada al descubrir que no estaba verdaderamente enamorada de Heath Saxon. No había sido más que una oportuna atracción que le ahorraba buscarse un novio cuando ella jamás había querido tener uno.

Respiró profundamente. Un mundo nuevo se abría ante ella, repleto de hombres, pasión y todas aquellas cosas que se había pasado cinco años evitando.

Miró de nuevo a Rafael, y en ese momento Alyssa y Joshua dejaron de discutir y la sorprendieron mirando.

–Buenas noches –se despidió Caitlyn.

–Te acompaño a casa –dijo Rafael.

Caitlyn posó brevemente la mirada en Heath,

antes de fijarse en Rafael. Él la miraba de manera intensa y penetrante, como si pudiera ver los deseos que ardían en lo más profundo de su alma.

—Gracias —le dijo con voz ahogada—. La verdad es que me gustaría que me acompañaras a casa.

Rafael miró a Heath y luego a ella.

—¿En serio?

Los rayos de luna se filtraban entre las copas de los árboles, iluminando el camino que los alejaba de la casa.

—¿A qué ha venido eso?

Rafael la miró de reojo. Caitlyn caminaba a grandes zancadas y parecía furiosa. No quedaba ni rastro de la ratita de Heath.

No se molestó en fingir que no sabía lo que le estaba preguntando.

—Heath fue tu profesor particular, tu amigo y el que te consiguió un trabajo aquí. Estás ena...

Ella se cubrió las orejas con las manos.

—No lo digas, por favor.

—Está bien, no lo diré. Pero no te mientas a ti misma. En vez de eso podrías preguntarte por qué estás malgastando tu vida. Eres joven, guapa e inteligente. ¿Por qué sufres por un tipo como Heath Saxon que te llama ratita? Ni siquiera conoce tu verdadera naturaleza. Búscate a otro, alguien que te aprecie como la mujer que eres.

Ella dejó caer las manos. Su silencio le dijo a Rafael que no quería mantener aquella conversación, pero no importaba. Él no tenía nada más que decir. Tal vez sus palabras fueran duras, pero eran ciertas.

Torcieron en un recodo del camino y los establos aparecieron a lo lejos.

–¿Es esto una especie de treta para convencerme de que abandone a los Saxon? –preguntó ella finalmente–. ¿Intentas dividirnos para conseguir tu venganza?

–Caitlyn...

–No te servirá de nada. Heath ha sido un buen amigo y siempre le estaré agradecida. Hizo mucho por mí y me consiguió el trabajo de mis sueños.

–Y a cambio tú le ofreciste tu corazón –espetó él, invadido por los celos–. ¿Qué más le diste? Eras joven e impresionable y él tenía experiencia... ¿Te sentiste obligada a entregarle tu virginidad?

Ella se detuvo en seco.

–¡Rafael! –su indignación sonaba demasiado real para ser fingida–. Haces que parezca una especie de trueque. ¡Y no fue así!

–De modo que le entregaste tu virginidad...

Ella suspiró con frustración.

–Era mi tutor, no mi novio. ¿Y por qué sospechas de Heath? Había otros muchos chicos deseando iniciar a las estudiantes de primer año en los placeres del sexo.

–Entonces, ¿nunca te acostaste con él? –un inmenso alivio le invadió. Ni siquiera se paró a pensar en que Caitlyn se hubiera acostado con otro. Solo le importaba Heath Saxon, su hermanastro.

–Nos hicimos amigos, nada más. Heath nunca ha sabido lo que siento por él, de modo que te agradecería que no dijeras nada.

–¿Nunca lo has tocado como me tocaste a mí el brazo?

–¡No!

–¿Nunca has sentido esa descarga eléctrica entre ambos?

–Nunca –apartó el rostro, a pesar de que estaba oscuro–, y no deberías hacerme estas preguntas. Mi vida amorosa no tiene nada que ver contigo.

Él le agarró la barbilla.

–Mírame –por desgracia la luz de la luna era demasiado débil para leer la expresión de Caitlyn–. ¿Cómo puedes decir que no es asunto mío? ¿Acaso no sentiste la descarga entre nosotros cuando me tocaste? ¿No sientes esta… cosa entre nosotros?

–¡No! –sacudió la cabeza con vehemencia–. No hay nada entre nosotros.

–No mientas –lo enfurecía que ella negase la irresistible fuerza que a él lo calcinaba.

–Déjame –silencio–. Por favor… –le rogó, cerrando los ojos. Era inútil. Rafael no la dejaría marchar. Su única esperanza era que alguien oyese sus gritos. Pero era tarde y estaba oscuro… Toda la familia estaba reunida en la casa.

–¿Caitlyn?

Ella abrió la boca, pero no consiguió articular palabra.

–Caitlyn, mírame.

Abrió los ojos y vio a Rafael delante de ella,

grande y fuerte. La había soltado y se había echado hacia atrás, pero la miraba con expresión ceñuda.

—¿Estás bien? —parecía preocupado—. ¿Quieres que llame a alguien? ¿A Megan o a Kay?

¿Le estaba preguntando si debía llamar a alguien? ¿Por qué?

—Vamos, te llevaré a casa. Parece que estás a punto de desmayarte.

Ella no se movió.

—Llamaré a la casa para que vengan a ayudarte.

Su preocupación era evidente. Ya tenía el móvil en la mano, mientras con la otra la agarraba del codo.

Caitlyn dejó que la llevase hasta el pie de la escalera de hierro que conducía a su loft. Allí le oyó pulsar los botones de su móvil.

—Estoy bien —le dijo. Sabía que Rafael no iba a hacerle daño.

Él la miró y se guardó el móvil en el bolsillo. Acto seguido, la hizo sentarse en un escalón.

—Estás muy pálida. Pon la cabeza entre las rodillas.

Ella obedeció y oyó como se sentaba a su lado. El miedo empezaba a desvanecerse.

—¿Necesitas algo?

—No, enseguida me recupero.

—¿Te ha pasado esto antes?

Desde luego que sí, pero no iba a contárselo. Se puso en pie, temblorosa.

—Será mejor que suba y tome algo. Un poco de leche caliente me sentará bien.

Él no pareció convencido.

—¿Quieres que te lleve al médico?

—No necesito que me vea un médico —solo necesitaba estar sola y meterse en la cama. Se dio la vuelta y empezó a subir la escalera.

—Te acompaño.

La tensión volvió de golpe.

—No, no hace falta... Estaré bien, en serio —respiró hondo cuando él se dispuso a protestar y metió rápidamente la llave en la cerradura.

Echó un último vistazo por encima del hombro y lo vio alto y orgulloso en el umbral, antes de cerrarle la puerta en las narices.

—¿Y qué quieres que haga yo?

El tono impaciente e irritado con que le habló a Jim le hizo ver a Caitlyn que no estaba siendo razonable. Respiró profundamente y pensó en el problema que Jim le había expuesto. Le sugirió una solución y se preparó una taza de té para llevársela al patio.

La mañana había pasado volando. Por una vez las bodegas no ejercían su fascinación habitual, y la mezcla de arte y ciencia no conseguía cautivarla como de costumbre.

Todo por culpa de Rafael.

Se había despertado varias veces durante la noche con una horrible sensación de vergüenza. Tomó un sorbo de té. Rafael debía de pensar que estaba chiflada o algo peor.

Dejó la taza en el banco y apoyó la cabeza en las manos al tiempo que soltaba un gemido de humillación. ¿Cómo podría volver a mirarlo a la cara?

La noche anterior había querido besarla, pero no lo había hecho. Ella no le había dado tiempo y se había refugiado en su santuario como una ratita asustada.

Ratita… El apodo la definía a la perfección.

No era extraño que Heath nunca la hubiese visto como una mujer. Rafael había sido brutalmente sincero al decirle que perdía el tiempo con Heath.

En el fondo sabía que Rafael tenía razón. Necesitaba una vida. Necesitaba un toque de atención que la despertara. No porque estuviese dormida, sino porque estaba congelada. Era un bloque de hielo con apariencia femenina.

Pero ¿permitir que Rafael la besara? Él era la causa de sus temores, su insatisfacción, de la extraña sensación que le oprimía el estómago…

Rafael no le haría daño.

¿No? ¿Cómo podía estar tan segura si apenas lo conocía? Lo único que había visto era su aspecto de macho y unos ojos negros que revelaban pasiones y emociones ocultas bajo su severa fachada. ¿Cómo podía saber que con él no corría peligro?

Lo mejor sería mantener las distancias. Él se marcharía pronto. Lo único que debía hacer era reprimir la incipiente libido durante una semana y media. Podía hacerlo.

Pero mientras tanto Rafael estaría intentando domar a un peligroso caballo que ya había demostrado cuánto odiaba a las personas. ¿Y si Rafael resultaba gravemente herido?

No soportaba pensar en aquella posibilidad.

La ansiedad fue en aumento, hasta que no pudo seguir soportándola. Y en la hora del almuerzo, en vez de prepararse algo de comer y leer un poco para tranquilizarse, se dirigió a los prados para cerciorarse de que Rafael se encontraba bien.

Se sorprendió al verlo tendido en el suelo. Dormido. Un sombrero de ala ancha le ocultaba la mitad del rostro, dejando a la vista sus sensuales labios. Diablo estaba junto a él, con las patas delanteras separadas y el cuello extendido, olisqueando con desconfianza la figura inmóvil.

Rafael llevaba unos vaqueros ceñidos y una camisa caqui abierta por el cuello, revelando una franja de piel morena y un sencillo medallón dorado.

¿Aquel era el hombre por cuya integridad física llevaba preocupándose toda la mañana?

Caitlyn maldijo la apuesta de que tendría al caballo domado para el jueves por la noche y volvió rápidamente a casa. Se preparó un sándwich de beicon, lechuga y tomate, que se zampó en pocos bocados. Se disponía a salir cuando los buenos modales la impulsaron a prepararle un sándwich a Rafael. Sacó una lata de refresco del frigorífico y lo metió todo en una nevera portátil. También añadió un melocotón del frutero.

Diablo estaba mordisqueando la hierba junto a la oreja de Rafael. Soltó un resoplido de disgusto cuando Caitlyn se acercó, pero Rafael no se movió. Caitlyn dejó la nevera junto a la valla y esperó un par de minutos, hasta que le quedó claro que no iba a despertarse. Aprovechó para examinar su cuerpo con un interés que jamás se hubiera atrevido a mostrar si hubiera estado despierto.

Finalmente volvió a la bodega e intentó no pensar en aquel español tan varonil.

A las cinco en punto volvió a las cuadras, impaciente por ver los progresos de Rafael con el semental.

Lo encontró en el patio, alto y poderoso, frente al box de Diablo. A sus pies tenía el cubo con la comida del caballo, de la cual había agarrado una pequeña cantidad que le ofrecía al semental.

Diablo movía la cabeza de lado a lado y le mostraba amenazadoramente los dientes a Rafael.

Kay, Megan y Jim estaban apoyados en la valla, inmóviles como estatuas. El resto de caballos comía en sus boxes y ninguno asomaba la cabeza. Caitlyn se colocó junto a Megan, quien le habló sin apartar la mirada de la escena.

–Es como un duelo de voluntades... Creo que estará montando a ese caballo antes de que acabe la semana.

Caitlyn negó con la cabeza.

–Roland necesitó un mes para conseguir que Diablo se acostumbrara a él, y además contó con la ayuda de Jim y de tu padre para que lo sujetaran.

—Rafael es el hombre más paciente que he visto. Conseguirá someter a ese caballo... y sin necesitar ayuda de nadie. Por cierto, ¿por qué lo llamas Diablo?

—Así es como lo llama Rafael.

—Ah... —Megan la miró, haciéndola sentirse incómoda—. Esa camiseta azul combina muy bien con tus ojos.

—Gracias —respondió Caitlyn, ruborizándose. Había sido Megan quien eligió aquella camiseta.

—Pero tiene manchas de mosto y también los vaqueros.

—Esta tarde hemos estado trasegando —dijo Jim antes de que ella pudiera responder—. Es un trabajo muy duro.

—Creo que es hora de ir otra vez de compras —decidió Megan.

Caitlyn odiaba ir de compras. Nunca sabía qué elegir, y al ser tan alta, desgarbada y de pecho plano, se sentía horriblemente cohibida cuando las vendedoras le tomaban las medidas. Con Megan, en cambio, era un alivio salir a comprar. Siempre sabía lo que mejor podía quedarle.

—Caitlyn está muy bien así —opinó Jim—. ¿Para qué necesita trabajar con ropa elegante?

Jim tenía razón. Tenía dos conjuntos elegantes para las ocasiones formales, pero el resto de su vestuario lo componían vaqueros y camisetas descoloridas. Cualquier cosa que se comprara acabaría también manchada y desteñida.

—¿Qué sabes tú de la ropa que necesita una mujer?

Jim se puso colorado y empezó a farfullar una disculpa. Caitlyn se compadeció de él.

–No me hace falta ropa.

–Deja que sea yo quien lo decida –replicó Megan, antes de desviar la mirada hacia Rafael–. Pobre... Debió de ser un golpe muy duro descubrir que el viejo marqués no era su padre.

–¿Y yo qué? –dijo Kay con voz débil–. Creía que Phillip y yo teníamos algo especial.

Megan guardó un breve y tenso silencio, antes de seguir hablando con un entusiasmo forzado.

–No me parece un mal tipo, mi nuevo hermano. ¿Tú qué dices, Caitlyn?

Caitlyn miró preocupada a Kay y luego a Rafael. Tenía los hombros anchos y esbeltas caderas. El físico de un jinete. ¿Cómo no se había dado cuenta antes?

–¿Caitlyn? –la apremió Megan.

–¿Qué quieres que diga? ¿Que tiene un trasero estupendo? Prieto y bien moldeado.

Jim se levantó, rojo como un tomate.

–Me largo.

También Kay se levantó.

–Creo que soy demasiado mayor para esta conversación. Será mejor que vaya a ocuparme de la cena.

Megan esperó a que su madre se hubiera alejado.

–Vamos, admite que es guapo.

–¿A quién le mandas tantos mensajes, Megan? –le preguntó Caitlyn para intentar distraerla–.

¿Tienes una relación a distancia? ¿Has encontrado por fin al hombre de tus sueños?

–Tal vez... Pero no quiero gafarlo todo hablando de ello. Y no intentes cambiar de tema, porque estamos hablando de ti. Rafael te parece muy sexy, ¿a qué sí?

Caitlyn soltó un gemido al encontrarse con la mirada divertida de unos ojos negros. Deseó con todas sus fuerzas que se la tragara la tierra.

–Me siento halagado –dijo Rafael.

Megan se echó a reír.

–Caitlyn y yo estábamos cotilleando un poco... cosas de chicas.

¿Ella cotilleando? Caitlyn quería matar a su amiga. Las mejillas le ardían y no se le ocurría ningún comentario para salvar la embarazosa situación.

Por suerte Rafael le ahorró la respuesta.

–Gracias por el almuerzo. Mañana te devolveré la nevera.

Caitlyn se ruborizó aún más ante la sorprendida mirada de Megan.

–¿Le has preparado el almuerzo? –articuló con los labios.

–¿Cómo sabías que era yo? –le preguntó Caitlyn a Rafael–. Estabas durmiendo.

–Eso era lo que quería hacerle creer a Diablo –repuso él con una sonrisa, y Caitlyn se encogió de vergüenza al recordar cómo lo había contemplado.

–¿No deberías darle eso a Diablo? –le preguntó, desesperada, señalando el cubo.

Él negó con la cabeza.

—Tiene heno suficiente en el box, y hay mucha hierba en el prado.

—No es precisamente su cena favorita —Caitlyn sintió un ramalazo de simpatía por el semental—. ¿Cuánto ha comido de tu mano?

—Dos puñados. Pero mañana seguiremos avanzando. Lentamente, paso a paso.

—Megan cree que eres muy paciente. Yo creo que eres un ser desalmado.

—No se morirá de hambre.

—¡Espero que no! ¿Y usas los mismos métodos con las mujeres?

Megan soltó una carcajada histérica.

—¡Caitlyn! ¿Qué forma de hablar es esa? Tengo que hacer una llamada. ¡Hasta mañana! —y se marchó rápidamente, dejando a Caitlyn a solas con Rafael y con la provocadora pregunta que ojalá no hubiera formulado.

—Depende —respondió él.

—¿De que?

—De la mujer y la experiencia que tenga. Si es una mujer sofisticada sus exigencias serán distintas y no se necesitará mucha paciencia con ella —recorrió a Caitlyn con la mirada, provocándole hormigueos por todo el cuerpo—. Pero si no tiene experiencia... —bajó la voz— necesitará un tratamiento más delicado.

Ella abrió y cerró la boca.

—Espero que esto no tenga nada que ver con lo que has oído antes...

—¿El que? ¿Que te parezco sexy?

—¡Yo no he dicho eso! —el corazón se le iba a salir por la boca.

Él sonrió aún más.

—Pero quieres que te bese.

Su desvergonzada afirmación hizo que Caitlyn soltara el aire en un largo siseo.

—¿Siempre eres tan creído?

—No soy creído —se acercó más a ella—. Simplemente entiendo a las mujeres.

Caitlyn intentó reírse, pero lo único que brotó de su garganta fue una especie de jadeo ahogado.

—¿De verdad crees que quiero que me beses?

Él le puso las manos en los hombros.

—De verdad lo creo —murmuró.

A Caitlyn se le desbocó el corazón cuando sus cuerpos entraron en contacto. Se echó hacia atrás para poner distancia entre ellos, hasta que se chocó con la valla. Estaba atrapada. No había escapatoria. Toda su seguridad se esfumó al instante. Aquello ya no era un inofensivo flirteo. Era una seducción en toda regla.

Rafael agachó la cabeza hacia ella. El miedo la paralizó por completo. Estaba a solas con él en un patio desierto. Todo el mundo se había marchado.

Y el terror había regresado.

Caitlyn esperó en tensión el inminente asalto, pero el beso que recibió fue sorprendentemente delicado. No hubo la menor coacción ni presión para que separara los labios. Rafael se los rozó con los suyos, dudó un momento y volvió a rozarlos.

Al principio estaba muerta de miedo por la poderosa musculatura de Rafael. No tenía posibilidad alguna de escapar ni de recibir ayuda en aquel patio desierto.

Pero entonces sintió el calor de su cuerpo a través de la camiseta, el tacto de su dura piel y el delicioso olor varonil que se adivinaba bajo la loción.

Se quedó desconcertada al descubrir que deseaba abrazarlo y besarlo. Rafael aún no la había rodeado con sus brazos, por lo que no se sentía presa del pánico. Él se limitaba a tocarla con los labios, suave y ligeramente, aumentando la tentación.

Aquellos besos tan castos y delicados no le hacían daño, no le castigaban los labios ni intentaban meterle la lengua en la boca.

Poco a poco el miedo empezó a desaparecer.

Rafael siguió jugando con sus labios. En un momento dado los separó y Caitlyn sintió su cálido aliento en la boca mientras él le susurraba unas palabras en español.

Una ola de calor salvaje barrió los restos de inquietud. No entendía las palabras, pero sonaban tan íntimas y sensuales como el movimiento de sus expertos labios. No había nada que temer. Se relajó y le rodeó el cuello con los brazos.

No intentó agarrarla de manera brusca y brutal, ni apretó las caderas contra ella en una clara y amenazadora demostración de sus perversos propósitos. Lo que hizo fue seguir murmurándole roncas y sensuales palabras en su idioma y besándola con un cuidado exquisito.

Y entonces Caitlyn lo comprendió... No la estaba castigando. Solo quería hacerla gozar.

Aquella certeza la hizo relajarse por completo. Se apretó contra él y empezó a besarlo también ella, moviendo los labios con un ansia inexplicablemente insaciable.

Él le acarició la piel del brazo, provocándole un hormigueo por todo el cuerpo. A continuación introdujo el dedo bajo la manga de la camiseta y siguió acariciándole el brazo. Caitlyn se apretó más contra él, anhelando prolongar el contacto. Él le recorrió el brazo con los dedos hasta agarrarle el hombro y pegarla contra su cuerpo.

No sintió el menor temor cuando sus cuerpos entraron en contacto, pero sí un deseo instantáneo que la dejó necesitada y jadeante. Rafael le acarició la espalda de forma lenta y segura, prendiendo llamas de placer a su paso, hasta que sus manos se posaron en la cintura.

Caitlyn esperó con los labios entreabiertos.

Y él volvió a sorprenderla. En vez de comerle la boca, le acarició el labio inferior con la lengua. Interrumpió la caricia antes de que ella supiera lo que estaba haciendo, dejándola con ansias de más, y pasó a hacer lo mismo con el labio superior. Ella sacó tímidamente la lengua y él se quedó rígido unos breves instantes, hasta que soltó un débil suspiro y le acarició la lengua con la suya.

Sabía a madera, a calor, a hombre... A Caitlyn le hirvió la sangre en las venas y se le endurecieron los pezones. Por primera vez quería perder la cabeza en un beso, y se movió contra él para hacérselo saber.

Rafael se puso rígido y su cuerpo empezó a temblar, como si se estuviera conteniendo. Ella entrelazó los dedos en sus espesos cabellos negros y tiró de su cabeza para que la besara.

–Dios... –murmuró él.

De un segundo a otro Caitlyn fue consciente de todo cuanto la rodeaba. Respiró profundamente e intentó recuperar la compostura mientras miraba a su alrededor. El patio seguía desierto, afortunadamente, salvo por Breeze, que los observaba con curiosidad desde su box. El resto de caballos masticaba ruidosamente su cena y frotaba los cascos contra la tierra. Caitlyn devolvió de mala gana la atención al hombre que estaba de pie ante ella y vio las llamas que despedían sus ojos.

–¿Lo ves? –le preguntó él con voz ronca y jadeante–. Siempre seré delicado.

Caitlyn apreció en su rostro y sus músculos los inconfundibles signos de un hombre que luchaba por mantener el control. Sus rasgos se endurecieron aún más bajo el escrutinio de Caitlyn.

–Jamás te presionaría para que hicieras algo que no quisieras –añadió él.

Caitlyn lo miró a los ojos y ahogó un gemido de desesperación.

¿Sería posible que sospechara algo?

Capítulo Cinco

Estuvo recordando el beso durante todo el sábado, y por la noche estuvo dando vueltas en la cama mientras revivía las exquisitas sensaciones que le habían despertado los labios de Rafael... hasta que unos recuerdos más lejanos y amargos la llenaron de ansiedad y temor.

No, con Rafael no sería igual. Su beso era puro y apasionado... ¿Supondría alguna diferencia si ella se lo contase todo? ¿Y qué sentido tendría hacerlo? Todas aquellas preguntas la atosigaban en la sofocante oscuridad de la noche.

Rafael, marqués de Las Carreras, no se quedaría en Saxon's Folly. Sus intenciones estaban muy claras: conseguir su parte de la bodega, venderla, destruir a los Saxon y marcharse.

No había ninguna posibilidad de tener una relación con él. ¿Por qué, entonces, seguía fantaseando con el beso y albergando absurdas esperanzas?

Era ridículo.

Rafael y ella eran como el fuego y el hielo. Nunca habría nada entre ellos.

***

Al día siguiente Caitlyn y Megan volvían de un paseo a caballo cuando vieron a Rafael en el patio, y no estaba solo. Lo acompañaba un hombre corpulento, canoso y vestido con un traje oscuro.

–¿Qué está haciendo aquí John Barlett? –preguntó Megan mientras se aproximaban.

¿Y qué estaba haciendo el tasador con Rafael?, se preguntó Caitlyn en silencio. Un mal presentimiento le revolvió el estómago.

Rafael sonrió al verlas entrar en el patio.

–Hola, John. ¿Qué te trae tan temprano a Saxon's Folly? –le preguntó Megan.

–Estoy haciendo una tasación. Tengo entendido que el señor Carreras es un nuevo miembro de la familia.

Megan tiró de las riendas de Breeze.

–¿Mi padre sabe algo de esto?

Caitlyn no oyó la respuesta. Le clavó una mirada acusatoria y sintió una fría decepción traspasándola.

Todas sus esperanzas se hicieron añicos. Rafael estaba decidido a llevar a cabo su venganza y reclamar una parte de Saxon's Folly para venderla.

Desmontó y condujo a la yegua a un box, donde le quitó la cincha con tal fuerza que le hizo ver lo fuerte que era la atracción que sentía por él.

Cuando se tranquilizó lo suficiente para salir del box, Phillip estaba hablando con John Barlett mientras Rafael se mantenía en silencio a un lado.

Caitlyn dudó un momento y fue hacia ellos.

Se detuvo junto a Megan y Phillip y miró a Rafael a los ojos. Nada. Su expresión no delataba nada en absoluto. Un profundo desaliento se apoderó de ella mientras Rafael se volvía hacia los hombres.

–Me gustaría empezar de una vez... Cuanto antes zanjemos el asunto, mejor.

–¿Mamá y Joshua saben algo de esto? –preguntó Megan. Seguía a lomos de Breeze y parecía aturdida–. Porque yo no sabía nada... ¿Significa esto que a Rafael le corresponde una parte de Saxon's Folly?

–Tu madre sabe por qué ha venido John –respondió Phillip en tono cansado–. Todavía no se ha concretado nada, así que no hay razón para que ni tú ni Heath ni Joshua os pongáis a especular. Tienes que confiar en mí, Megan. Mañana por la mañana nos reuniremos tu madre, Rafael, yo y nuestros abogados –miró a Rafael–. Él y yo tenemos mucho de que hablar.

La mirada de Caitlyn se encontró con la del español. Rafael volvía a ser el hombre implacable y sediento de venganza que no se detendría ante nada ni nadie. Caitlyn deseaba con todas sus fuerzas que pudiera olvidar el pasado y perdonar a los Saxon, pero sabía que no había nada que pudiera hacer ella para detener lo inevitable.

El lunes por la mañana, Rafael salió del despacho de Phillip sintiéndose muy satisfecho. Su abogado y él habían convencido a Phillip de que Rafael no se marcharía de allí hasta haber recibido lo que le correspondía por derecho de nacimiento.

Phillip nunca había ayudado a la madre de Rafael, y al fin había llegado la hora de que pagase lo que debía... con la tierra de Saxon's Folly. El abogado de Phillip se había comprometido a redactar un documento para llegar a un acuerdo, y Rafael se había pasado los últimos diez minutos interrogando a Phillip sobre la situación financiera de la bodega. Al parecer iba muy bien, y con la participación de Rafael iría aún mejor. Sería una buena inversión, aunque la intención de Rafael fuera vender su parte...

No necesitaba mirar al hombre que caminaba a su lado para saber que Phillip Saxon no estaba tan satisfecho como él con el resultado de la reunión, ni con la vida en general. Kay no había asistido a la reunión, según Phillip porque estaba muy ocupada. Rafael sospechaba que estaba preocupada y furiosa, pero saber que el matrimonio de Phillip se encontraba en una situación crítica no le reportó la satisfacción que hubiera esperado.

Al salir de la bodega vio a Caitlyn regando el cemento bajo las cubas de acero. Por un breve instante recordó el beso que se habían dado el viernes por la noche, pero la mirada de reproche y decepción que le había echado el día anterior cuando lo encontró con John Barlett aplastó el bonito recuerdo.

–Todavía no lo has visto todo, ¿verdad? –dijo Phillip, sin duda para intentar congraciarse con él–. Caitlyn, ¿te importa enseñarle a Rafael las instalaciones?

–Claro que no. ¿Por dónde quieres empezar? –le preguntó ella cuando Phillip se alejó. No lo miró a los ojos, lo cual molestó a Rafael. Se había acostumbrado a su honestidad y buen humor, y se había convencido de que a ella le gustaba.

–Me da igual. Pero no me enseñes la solera donde se produce el jerez.

–No lo haré –le aseguró ella. Su voz era tan artificialmente alegre que hacía daño en los oídos–. Empezaremos por donde se despalillan las uvas. Y luego donde se vierte el jugo... –siguió explicándole el largo y laborioso proceso y Rafael dejó de examinarla para prestarla atención.

Advirtió, que Caitlyn olvidó su incomodidad en cuanto comenzó a transmitir su pasión por Saxon's Folly. Los ojos le brillaban mientras le contaba su preferencia por las barricas de roble francés. Con cada palabra y gesto le demostraba que sufriría tanto como los Saxon si Rafael se mantenía firme en su decisión de vender.

Finalmente, lo llevó a la sala de catas. Estaba vacía, y lo único que delataba su uso eran la pizarra con las listas de vinos, las filas de copas en los mostradores de madera y los estantes repletos de botellas.

–Aquí se hacen también las ventas. Kay se ocupa de las ventas con ayuda de los estudiantes, y si hay mucha gente todos venimos a echar una mano. Los fines de semana son bastante animados.

—¿Hay también un restaurante?

—Todavía no. Tenemos una zona de pícnic con vistas a los viñedos. Megan lleva tiempo diciendo que deberíamos abrir un restaurante con un chef francés.

—No es mala idea.

—Roland siempre se opuso, y Megan no ha vuelto a sugerirlo desde que murió.

—Quizá lo sienta como una traición –dijo Rafael–. La muerte de un ser querido puede causar ese efecto. Yo quería mucho a mi padre, discrepábamos en muchas cosas, pero cuando murió me sorprendí haciendo las cosas a su manera. En parte porque lamento haber discutido tanto con él, y en parte porque así lo tengo siempre presente.

Caitlyn asintió.

—Te entiendo. Nos gusta recordar a las personas por lo que hicieron y por la buena impresión que dejaron –lo miró de reojo–. Deberías reconsiderar lo que vas a hacer… Los Saxon no se lo merecen.

—Phillip Saxon sí.

Caitlyn guardó un breve silencio.

—Pero Kay no. Ni Joshua, Heath o Megan. Ya están sufriendo demasiado. Lo que necesitan es apoyo y compasión, no más conflictos.

Kay entró en aquel momento en la sala de catas y se detuvo un instante al ver a Rafael junto a Caitlyn. Estaba claro que no le hacía ninguna gracia verlo allí.

Rafael se irguió. El pasado no era culpa suya. Y su futuro incluía la parte que le correspondía de

Saxon's Folly. Cuanto antes se acostumbrara Kay a la idea, mejor sería para ella. Pero eso no significaba que él no pudiera ponérselo más fácil.

–Las instalaciones son una maravilla –le dijo con su sonrisa más encantadora–. Este lugar es impresionante... Imagino que estarás encantada de vivir aquí.

La expresión hostil de Kay se tornó tímida y apartó la mirada.

–Siempre me ha encantado. Saxon's Folly llega al corazón.

Rafael sintió una extraña conexión con aquella mujer elegante y sofisticada con la que su padre se había casado. A él también le encantaba la finca donde había crecido. La fértil tierra caliza formaba parte de él, y la savia de las vides que crecían junto al Atlántico fluía por sus venas.

–A mí también me sedujo –dijo Caitlyn.

Rafael se preguntó si Caitlyn tal vez se hubiera enamorado de Saxon's Folly más que de Heath. Era indudable que aquel lugar significaba mucho para ella. Pero también para él. Y tenía que averiguar qué había sido de los diarios que Phillip le había robado a su madre.

El miércoles por la tarde Caitlyn se apoyó en la pared del establo y observó con incredulidad cómo Rafael le echaba un dogal a Diablo sobre la cabeza. El semental se resistió y se echó hacia atrás, y Caitlyn temió que fuera a desbocarse. Pero entonces Rafael se apartó y desenrolló la soga que tenía en la mano, de modo que el caballo no tuviera nada contra lo que tirar.

Caitlyn contuvo la respiración, pero el semental pareció relajarse y al cabo de un momento echó a andar tras Rafael, alargando el cuello para olisquearle la espalda. Caitlyn no daba crédito.

Rafael había embrujado al maldito caballo.

Nunca lo hubiera creído posible. Y además lo había hecho un día antes de que finalizara el plazo de la apuesta. La sospecha de que había empleado algún tipo de encantamiento equino se vio confirmada cuando Rafael condujo a Diablo al interior del box y empezó a cepillarlo mientras silbaba desafinadamente.

Se apoyó en la puerta del box y sacudió la cabeza.

—Nunca pensé que vería esto...

—Es como un osito de peluche —le ofreció el cepillo a Caitlyn—. Apuesto que también te deja a ti cepillarlo.

—Mejor no.

—No te hará daño —le aseguró él, abriendo la puerta para dejarla entrar—. Vamos, deja que te vea y te huela.

Posó ligeramente el brazo en su trasero y la hizo avanzar hacia la cabeza del semental.

—Acerca la mano al hocico.

Ella obedeció. El tacto era suave como el terciopelo. Rafael cerró la mano sobre la suya.

—Ahora acaríciale la cara hacia arriba, hasta la frente.

Caitlyn observó con recelo al enorme animal. Movió la mano por el morro, guiada por la mano de Rafael. Diablo agachó la cabeza, soltó un profundo suspiro y cerró los ojos.

–Quiere que le rasques las orejas –le explicó Rafael.

Diablo la tocó con el hocico y le lamió la camiseta.

–Está bien –dijo ella, sin salir de su asombro–. ¿Seguro que no eres un mago?

Rafael se rio y se acercó más a ella. Caitlyn sintió su presencia por detrás y al enorme semental por delante. Pero no se sintió amenazada, ni por el caballo ni por el hombre.

Cepillar a Diablo resultó muy fácil después de haberlo acariciado. Imprimió un ritmo tranquilo y constante con el cepillo y sintió cómo se flexionaban los músculos bajo el pelaje negro.

–Ya te dije que te dejaría cepillarlo –le susurró Rafael al oído–. Le encanta. ¿Ves sus ojos medio cerrados? Es una expresión de goce.

–Ya lo veo –soltó una risita–. El terror de Saxon's Folly reducido a un osito de peluche. ¿Quién lo habría dicho? Pero no lo culpo, recibiendo tantas atenciones...

Dio un respingo cuando Rafael le puso las manos en los hombros.

–¿Y a ti? ¿No te gustaría recibirlas también?

Caitlyn volvió a reírse.

–A cualquier mujer le gustaría.

–Tú no eres cualquier mujer.

Antes de que ella pudiera preguntarle a qué se refería, las manos de Rafael empezaron a descender por su espalda. Caitlyn ahogó un gemido y tensó todo el cuerpo. Las manos volvieron a subir, masajeándole los músculos agarrotados por un día de duro trabajo. La vinicultura podía ser un arte, pero era agotadora.

–¿Te gusta? –le preguntó él con un acento marcado y sensual.

–Sí… –admitió. No podía mentir.

Era una sensación muy placentera, pero también inquietante. Dejó de cepillar al caballo y de repente el box se volvió claustrofóbico.

Diablo abrió los ojos y la empujó con el hocico, recordándole que debería estar cepillándolo. Caitlyn respiró hondo y se obligó a tranquilizarse. No pasaba nada malo. Rafael seguía masajeándole la espalda y pensaba que ella estaba disfrutando, lo cual era cierto. Sus manos no se detenían ni hacían nada inapropiado. Seguramente solo pretendía relajar los músculos tensos.

Sintió ganas de llorar. Si tan solo pudiera librarse del absurdo temor que la atormentaba… Si aquella espantosa noche con Tommy no la hubiera dejado marcada para siempre…

Una furia abrasadora prendió en su interior. No iba a llorar. Tommy Smith no iba a anular por más tiempo a la mujer que había en ella. No iba a dejar que el pasado destruyera lo que había entre ella y Rafael.

Se miró las manos y se concentró en el masaje

de Rafael. Intentó reconocer las sensaciones que sus manos le despertaban. Eran sensaciones ligadas al placer, no al dolor. Aquellas manos nunca le harían daño. Rafael no era Tommy...

No era Tommy agarrándola y arrancándole la ropa. Era Rafael, un hombre que no necesitaba recurrir a la fuerza física para seducir a las mujeres. Se le escapó un tembloroso gemido. El tacto de Rafael le ponía la piel de gallina y liberaba la tensión que llevaba acumulando demasiado tiempo.

De repente las manos se detuvieron.

—¿Estás bien?

—Sí –sonrió–. Mejor de lo que he estado en mucho tiempo –se volvió hacia él, ligera y liberada–. Gracias. Ha sido fantástico. Eres un buen hombre.

—¿Un buen hombre? –repitió él, riendo.

—Sí. No vas a destrozar a los Saxon, ¿verdad?

Él torció el gesto.

—¿Qué te hace pensar que he renunciado a mis propósitos? No soy tan bueno como piensas –dijo él con una sonrisa burlona.

—¿Por qué dices eso?

—Diablo ha comido de mi mano. Mañana es jueves... Has perdido la apuesta, y no voy a dejar que te libres.

—Haré las reservas.

—Que sea en un sitio elegante. Quiero presumir de ti.

***

–Este –dijo Megan al día siguiente por la tarde. Llevaban horas buscando el vestido apropiado.

–¿Seguro? –se giró delante del espejo. El vestido le quedaba como un guante. De estilo *flapper*, largo y plateado, le realzaba el azul de los ojos.

El corte era bastante sencillo, recto, sin mangas y con un amplio escote, pero la tela, el color y los abalorios bordados le conferían un glamour exquisito.

–Va con estos zapatos –dijo Celeste, la modista, dejando un par de zapatillas de tacón bajo forradas en tela.

Perfecto. Con aquel calzado no habría peligro de desnucarse.

–Y este bolso –añadió Megan, mostrándole un pequeño bolso cuadrado, tan elegante que Caitlyn no se atrevió a mirar el precio.

–De acuerdo –aceptó, confiando en que no tuviera que arrepentirse de aquellas compras.

Pero Megan, lejos de conformarse con tan poco, la llevó a otra tienda y la obligó a comprarse dos pares de vaqueros, una camiseta de seda sin mangas, otra camiseta de algodón con estampados verdes y blancos y un par de camisetas de licra de unos colores que Caitlyn jamás había llevado.

La tienda adonde la llevó después no se acercaba ni remotamente a lo que Caitlyn había pensado. En vez de la ropa interior práctica y discreta que estaba buscando, se vio ante una desconcertante colección de colores y estilos a cada cual más diminuto y provocativo.

—Toma —Megan le puso algunas prendas en la mano—. Echa un vistazo a estos.

—¿No hay algo más...? —miró desesperada a su alrededor—. ¿Menos sugerente? —se fijó en una colección lisa y casta—. Esos de ahí me convencen más.

—Ni hablar. No puedes ponerte eso bajo la camiseta de seda. Pruébate este —le tendió un sujetador color melocotón, muy suave. Precioso.

—Tal vez...

Un momento después estaba en un probador, el sujetador le realzaba los pechos y le confería una figura que nunca había sospechado tener. Se agarró los pechos y sintió el suave tacto del satén bajo los dedos. Por un breve instante se imaginó las manos de Rafael en lugar de las suyas...

Los pezones se le endurecieron bajo la tela, y una sensación ardiente y desconocida se le desató en la entrepierna.

—Caitlyn, pruébate esto —la voz de Megan fue como un chorro de agua fría.

Apartó las manos de los pechos y sintió que se ponía roja de vergüenza mientras una mano aparecía por encima de la puerta del probador.

—Son las braguitas a juego.

Tragó saliva.

Se sentía más femenina de lo que nunca se había sentido. Se sentía incluso... sexy.

Era una palabra que nunca hubiera asociado con ella. Megan era muy sexy, y también Alyssa, la novia de Joshua. Había visto cómo las miraban con hombres, y nadie la había mirado a ella así. Salvo Rafael.

Volvió a tragar saliva al recordar su mirada, su olor, el tacto de sus dedos, el roce de sus labios...

Llevaba tanto tiempo evitando las miradas de los hombres que había reaccionado como una adolescente histérica que de un momento a otro pasaba de estar ardiendo a estar congelada. Rafael debía de pensar que estaba loca.

Pero ella ya no era un adolescente. Era una mujer de veintiocho años. Se quitó los vaqueros, se puso las braguitas y se irguió en toda su estatura para mirarse al espejo.

Se vio tan desnuda y expuesta que apartó rápidamente la mirada. Pero sus ojos volvieron a buscar su reflejo como si tuvieran voluntad propia.

El cuerpo de una mujer.

Las braguitas de corte alto dejaban a la vista más piel que ninguna prenda de lencería que hubiera usado en su vida.

Se estremeció, invadida por una extraña mezcla de inquietud... y una emoción secretamente excitante que no se atrevía a definir.

—Estás preciosa, querida.
—Tú también estás muy bien.

Bien era decir poco. Rafael tenía un aspecto magnífico. No solo por el traje a medida ni por la inmaculada camisa blanca que realzaba su tez morena. Era mucho más que eso. El brillo apreciativo de sus negros ojos, la sonrisa que curvaba sus sensuales labios, aquellos rasgos que tan duros parecían hasta que se descubrían las arrugas de la risa en torno a los ojos...

Era un hombre especial. Único.

—Espero que te guste el sitio que he elegido —dijo Caitlyn.

—Seguro que sí.

All That Jazz no era el restaurante de lujo que Caitlyn se había esperado. Se encontró en una caverna tenuemente iluminada, llena de humo y con una pequeña pista de baile. Un grupo de músicos de jazz afinaba sus instrumentos en un escenario.

Caitlyn desdobló la servilleta y se la colocó en el regazo. Las manos le temblaban ligeramente cuando agarró un trozo de pan, y a punto estuvo de dejar caer el cuchillo del paté.

—Relájate —le dijo Rafael—. No hay por qué estar nerviosa. Estamos en un lugar público. Lo has elegido tú... es tu territorio.

Se obligó a tranquilizarse. Rafael tenía razón: estaban en un lugar público. No podía ocurrir nada.

El grupo de música empezó a interpretar un tema de jazz.

—Es la primera vez que piso este lugar. Me lo recomendó Megan.

—Me alegro —dijo Rafael.

—¿Por qué? —preguntó ella.

—Porque lo descubriremos juntos.

Juntos... A Caitlyn se le aceleró el pulso y empezó a invadirla el pánico. Con mucho cuidado, Rafael se llevó su mano a la boca y la besó en el dorso.

Caitlyn se quedó paralizada en el asiento mientras la atravesaba una sensación increíblemente erótica. Pero él le soltó la mano antes de que llegara la camarera y les entregara un escueto menú con el especial del sábado noche.

Rafael pidió tras consultarlo con ella y le entregó la carta de vinos.

—Elige tú.

Balbuceante y con la compostura hecha pedazos, Caitlyn pidió un vino tinto que había recibido buenas críticas.

La camarera volvió al cabo de unos minutos con el vino, lo sirvió y volvió a marcharse.

En el escenario, una mujer con un vestido negro y plateado empezó a cantar una desgarradora balada sobre la soledad del pasado. Caitlyn tomó un sorbo de vino y miró con curiosidad al hombre que tenía enfrente. Apenas sabía nada de él y gracias a él volvían a despertar las sensaciones que llevaban años dormidas. El miedo que al principio le inspiraba su presencia se había transformado en una toma de conciencia de su sensualidad y belleza femenina.

Se concentró en superar la timidez y dejó la copa para echarse hacia atrás el pelo.

—La primera vez que nos vimos me dijiste que

Phillip era tu padre y yo te acusé de mentir. Te debo una disculpa. Ni siquiera te conocía. Pero no podía creer que Phillip le hubiera hecho algo así a Kay.

–Estabas protegiendo a los Saxon –la expresión de Rafael se suavizó–. Tu lealtad es digna de admiración.

–Me ofrecieron algo más que un trabajo. Me dieron un hogar –y se había convertido en su santuario después de la agresión de Tommy.

–Otra cosa que tenemos en común –Rafael le tocó brevemente la muñeca, pero bastó para que a Caitlyn se le disparara el pulso–. Mi padre adoptivo me dio un hogar, pero yo nunca aprecié realmente su generosidad –continuó mientras examinaba el vino tinto–. Siempre di por descontado que Torres Carreras me pertenecía. Antes de morir mi padre le dejó una generosa herencia a mi madre y a mí me dejó la casa, la hacienda y el resto de sus propiedades.

–¿Nunca sospechaste que eras adoptado?

Rafael tomó un poco de vino y sacudió la cabeza.

–No hasta que él me lo dijo. Creía que yo merecía saber la verdad y tener la oportunidad de conocer a mi verdadero padre antes de que él también muriera –puso una mueca–. No sé cómo pudo pensar que yo querría conocer a un hombre que traicionó tan cruelmente a mi madre.

Las duras palabras de Rafael conmocionaron a Caitlyn.

—¿Y no sentiste curiosidad por Phillip... por saber si tenías hermanos o hermanas?

—Por Phillip no —admitió él—, pero sí por mis hermanos.

La llegada de la comida interrumpió su relato. El pato asado estaba exquisito, pero Caitlyn apenas lo saboreó. Su apetito era de curiosidad.

—¿Qué le pareció a tu madre que el marqués te contara la verdad?

—Tenía miedo de que yo la culpara. Pero cuando ella me habló de su viaje a Nueva Zelanda y de los diarios que había descubierto supe que tenía que venir. Esta semana quiero seguir las huellas de Fernando —ladeó la cabeza—. Puedes venir conmigo, si quieres.

—Me encantaría —dijo ella, pero enseguida se preguntó si era sensato aceptar la invitación. Un día entero en compañía de Rafael podría ser muy arriesgado.

La música había aumentado de volumen. La voz de la cantante era ronca y rasgada, y las notas del saxofón envolvían sobrecogedoramente a Caitlyn. Se puso en tensión y pensó en los tres diarios que guardaba en el cajón de su mesilla.

Pero Phillip le había ordenado que guardara silencio, y ella se lo debía.

—Mi madre estaba encantada con aquellos diarios. Eran como un vínculo con su pasado. Fue muy duro que se los robaran.

Caitlyn abrió la boca para decirle que su madre había vendido aquel vínculo con el pasado para poder comprarse un billete a casa, pero volvió a cerrarla sin decir nada. No podía contradecir lo que la madre de Rafael había querido hacerle creer a su hijo. No le correspondía a ella abrir más heridas.

–¿Cómo conoció tu madre a Phillip?

Rafael endureció la expresión.

–El presidente de la sociedad histórica le sugirió que se pusiera en contacto con Phillip. La familia Saxon había comprado el monasterio donde habitaban originariamente los monjes y lo habían convertido en una hacienda. El presidente opinaba que Phillip podría contarle más a mi madre sobre los monjes que se dedicaban a plantar viñedos –hizo un mohín con los labios–. Mi madre se quedó fascinada con él nada más verlo. Y Phillip no tuvo escrúpulos para seducirla, aprovechándose de que solo tenía dieciocho años y que se encontraba muy lejos de su casa. Nunca le dijo que estaba casado.

–¿Te dijo alguna vez si Phillip abusó de ella a la fuerza? –le preguntó Caitlyn.

–No –respondió él, alarmado–. No la violó. Pero era mucho mayor que ella y debería haber pensado en lo que estaba haciendo. Por Dios... incluso la llevó a Saxon's Folly y le hizo creer que lo suyo iba en serio y que quería casarse con ella. Nunca dijo ni una palabra sobre su mujer... ni sobre el hijo que estaba pensando adoptar.

Caitlyn pensó en lo que Kay les había contado. Estaba tan desesperada por tener un bebé que cuando finalmente lo adoptaron se volcó tanto en su papel de madre que Phillip se sintió apartado e ignorado. Se compadeció profundamente de Phillip, de Kay y de María.

–Tu padre adoptivo tuvo que ser un hombre maravilloso... aceptando al hijo de otro hombre como si fuera suyo.

–Lo era –murmuró él con una sonrisa llena de afecto–. Mi madre lo amaba de verdad, de eso estoy seguro. Lo de Phillip no fue más que una deseo juvenil.

Caitlyn asintió. No se le pasó por alto que Rafael ya no le echaba toda la culpa a Phillip.

–¿A qué se dedica ahora tu madre?

–Al negocio del jerez. En España es muy lucrativo. Le impresionaría saber que eres vinicultora. Seguro que le gustarías.

Caitlyn sonrió. Era el mayor cumplido que Rafael le podía hacer.

–Seguro que a mí también me gustaría ella.

–Deberías venir a España.

–Tal vez algún día... Siempre me ha llamado la atención la tierra donde se produce el jerez.

–¿Tus padres también son vinicultores? –le preguntó Rafael, sorprendiéndole con el cambio de tema.

–Ni mucho menos. Mi madre era lechera y mi padre, pastor. Tuvieron cinco hijos. Yo fui la de en medio.

Él la observó con interés.

–Siendo hijo único de un hombre rico tuve

todo lo que podía desear. Supongo que tu infancia fue muy diferente a la mía.

–Sí –afirmó ella con un hilo de voz, recordando las noches en vela de niña cuando se juraba a sí misma que jamás caería en la pobreza que ahogaba a sus padres–. Tuve suerte... me encantaba la escuela y pronto descubrí que las buenas notas eran mi billete a una vida mejor. Nunca jugué a la lotería ni aposté en las carreras de perros donde mi padre dilapidaba su paga semanal los viernes por la noche. Mi hermano mayor también escapó de aquella situación. Es agente inmobiliario, y entre los dos les compramos una parcela a mis padres. Ahora viven bien y no tengo que preocuparme por ellos.

–¿Y tus otros hermanos?

–James es albañil. Shannon y Rhiannon trabajan en una granja de ovejas del sur. Rhiannon, la menor, es tan alta y guapa que podría haber sido una supermodelo –bebió un poco de aquel vino que ni Shannon ni Rhiannon podrían apreciar.

–Una ocupación muy decente. Debes de sentirte orgullosa.

–Por supuesto –se sorprendió de estar contándole cosas de su familia y de su infancia. Era un tema demasiado deprimente que no le gustaba hablar con nadie, pues muchas personas la miraban como si fuera un bicho raro al enterarse de que era hija de unos humildes granjeros.

Pero Rafael no era así. Parecía realmente interesado y preocupado por lo que ella le contaba.

—Te habrá costado mucho llegar a donde estás...

—Muchísimo. Me pasé la juventud sin hacer otra cosa que estudiar y estudiar –y en la universidad siguió, mientras sus compañeras salían con chicos y se divertían en fiestas. Necesitaba las notas más altas para conseguir las becas que le permitían estudiar.

—Y habrás hecho sacrificios, supongo.

Ella asintió, pensando en las citas que se había perdido. En su tiempo no le había importado, pues tenía otras prioridades, y además creía estar enamorada de Heath Saxon. Pero en aquel momento sí que le importaba. Aquella noche deseaba tener experiencia como mujer para estar con un hombre como Rafael.

Desvió la mirada hacia el grupo de música. La cantante interpretaba un tema más animado y la pista de baile empezaba a llenarse.

Rafael siguió su mirada.

—¿Quieres bailar?

Ella se puso colorada y dudó. Rafael se levantó, la ayudó a ponerse en pie y la condujo al reducido y atestado espacio de baile. Allí Caitlyn se encontró en sus brazos, casi pegado a él, con la sangre atronando en sus oídos y el corazón amenazando con salírsele del pecho.

—Debo decirte que te admiro.

No había el menor rastro de hipocresía en sus ojos. Tan solo una admiración sincera... y algo más que le disparó la adrenalina en las venas.

Movió la mano sobre la curva de su trasero y Caitlyn dejó de respirar. Tan absorta había estado en la conversación que había olvidado lo que llevaba bajo el vestido.

Tonterías. Rafael no tenía rayos X en los dedos. No podía saber lo que llevaba bajo la ropa. Aquel pensamiento la hizo retorcerse... lo que la hizo ser más consciente de las braguitas que intentaba ignorar.

Las manos de Rafael abandonaron su trasero y volvieron a posarse en la cintura. Pero la respiración de Caitlyn no recuperó su ritmo normal.

–Relájate, querida.

Sus palabras, susurradas al oído con una voz profunda y suave, tuvieron el efecto contrario. Caitlyn endureció todos los músculos e intentó apartarse. Él aflojó su agarre, pero en la abarrotada pista de baile no había espacio para huir.

Relajó las manos en los hombros de Rafael y dejó que sus caderas se movieran al ritmo de la música. Y Rafael se movió con ella, sin agobiarla ni acercarse demasiado.

Perdida en aquel mundo desconocido, se abandonó a la próxima canción y siguió fluidamente la dirección que le marcaba Rafael. Caitlyn se arrimó a Rafael y le tocó el pelo de la nuca. Su tacto era suave, más espeso que el suyo, muy distinto a nada que hubiera tocado antes. Y sus dedos comenzaron a jugar con aquellos cabellos.

–Caitlyn...

Un estremecimiento de placer la recorrió. Él

agachó la cabeza y le rozó el hombro con los labios.

−¡Rafael!

Él levantó la cabeza.

−¿Voy demasiado rápido?

Ella lo miró, incapaz de hablar, cegada y enmudecida por la violenta excitación que se había desatado en su interior.

−Demasiado rápido −confirmó él.

¿Demasiado rápido? ¡Demonios! Se apartó de él con brusquedad, sin atreverse a mirar los sensuales labios que acababan de provocarle estragos.

−Volvamos a la mesa −sugirió, e intentó reunir lo poco que le quedaba de dignidad.

Rehusó tomar postre y café y pidió la cuenta. Necesitaba salir de allí cuanto antes o acabaría poniéndose en evidencia, suplicándole a Rafael que volviera a bailar con ella para derretirse en sus brazos. Por el rabillo del ojo vio que Rafael arqueaba las cejas, pero no le importó. Ella pagaba la cuenta y podía poner punto y final a aquella velada cuando quisiera.

Capítulo Seis

Cuando Rafael detuvo el coche en el patio de las cuadras Caitlyn era un manojo de nervios. Pero entonces pensó que Rafael se marcharía pronto y recordó, con una mezcla de aprensión y sobrecogimiento, las intensas emociones que la habían sacudido en la pista de baile.

Ya había sido una ratita asustada demasiado tiempo. En algún momento tenía que empezar a vivir de nuevo. ¿Por qué no aquella noche?

–No hemos tomado café. Sube y te prepararé un poco –le propuso.

–Gracias –le dedicó una sonrisa que le encogió el corazón–. Pero creo que debería marcharme.

De repente no quiso que se marchara. Era crucial que se quedara con ella, o de lo contrario Caitlyn no volvería a reunir el coraje para intentarlo nunca más.

–¿Una copa?

Él la miró fijamente unos segundos.

–Tal vez un jerez.

–No tengo –respondió con alivio–. Puedo ofrecerte un vino de hielo.

Rafael empezó a subir los escalones tras ella.

–He leído algo sobre ese vino.

Caitlyn abrió la puerta y entró.

—Espera a probarlo.

—Muy acogedor —comentó Rafael, mirando las paredes encaladas, el suelo de madera cubierto con alfombras y las vigas oscuras del techo.

Caitlyn dejó el bolso en el cofre de madera que hacía las veces de mesita y fue a por una botella de vino helado canadiense y dos vasos. Sirvió el vino y le señaló el pequeño sofá.

—Siéntate.

—Deliciosamente dulce —dijo tras probar el vino—. Tiene cuerpo.

Su escueta descripción hizo reír a Caitlyn.

—Exquisito, ¿verdad?

—Exquisito —dijo, mirándola de una manera que la hizo dejar de reír—. Pero sin llegar a ser empalagoso.

—En Saxon's Folly usamos *chardonnay* y una pequeña cantidad de *pinot gris*. Es un concentrado congelado, pero a pesar del delicioso sabor afrutado que obtenemos de la fermentación, no nos hemos acercado ni de lejos a la perfección que han logrado los canadienses.

—¿Los inviernos aquí no son lo suficientemente fríos para que las uvas maduras se congelen?

—En South Island sí, pero aquí en Hawkes Bay no. Siempre me sorprende lo resistentes que son las uvas —pensó que durante toda su vida había estado tan congelada como las uvas heladas. Pero por fin empezaba a derretirse.

Gracias a Rafael.

El recuerdo de los diarios la hizo sentirse vacía y desolada. Rafael le había demostrado una paciencia y una delicadeza exquisitas, y ella no había sido del todo sincera con él.

Era hora de equilibrar la balanza. No podía hablarle de los diarios, pero sí podía revelarle un secreto de su propio pasado.

–¿Te acuerdas de que te dije que Heath me consiguió un trabajo en Saxon's Folly mientras yo estudiaba?

Rafael asintió con expresión reservada.

–Por aquel entonces él ya había acabado los estudios y estaba trabajando en la bodega. Te dije también que Phillip me ofreció un empleo después de graduarme...

–¿Y?

–Que algo ocurrió.

Rafael percibió su lucha interior contra lo que ansiaba decirle. Se obligó a ser paciente.

–Había un peón que trabajaba aquí... –su rostro palideció–. Tommy era joven, guapo y arrogante. Le gustaba pavonearse delante de las chicas, y casi todas enloquecían por él.

Rafael frunció el ceño. Aquello no sonaba a historia de amor.

–¿Tú no?

–No, porque yo estaba loca por Heath, aunque sabía que no tenía la menor posibilidad con él.

–¿Por qué?

–Oh, vamos, no es tan difícil adivinarlo... Yo era demasiado alta y demasiado delgada, no como las chicas que Heath frecuentaba. Y luego estaban mis orígenes humildes... Entre los dos había un abismo insuperable.

—¿Por ser la hija de un pastor?

—Sí. Los Saxon son como la aristocracia de Nueva Zelanda.

—¿Estás diciendo que Heath Saxon es un esnob? —Rafael soltó un bufido de asco—. ¿Cómo pudiste enamorarte de un hombre así?

—Puede que yo fuera más consciente que él de nuestras diferencias.

—¿Y saliste con ese otro hombre para intentar olvidar a Heath?

—¡No! Estaba demasiado metida en mi trabajo. Era dolorosamente consciente de que debía dar lo mejor de mí. Quería un trabajo fijo en la bodega cuando acabara la universidad.

¿Tal vez porque así estaría cerca de Heath Saxon? Rafael intentó no pensar en aquella desagradable posibilidad.

—Aunque no consiguiera un trabajo, quería al menos una carta de recomendación de Phillip Saxon.

Era lógico, sabiendo lo que ya sabía acerca de su infancia y educación.

—¿Y qué ocurrió?

—Una noche me había quedado trabajando hasta tarde con Tommy. Hacía mucho calor, y yo llevaba unos vaqueros cortos y una camiseta sin mangas... —la voz se le quebró—. Lo recuerdo muy bien.

Rafael le agarró las manos.

—¿Intentó...?

—Besarme —concluyó ella—. A mí no me gustaba, pero nunca había tenido novio. Tenía veintitrés años y me había pasado toda la vida estudiando. Sentía curiosidad. No quería sentirme como la tonta del grupo. Me dije que no pasaría nada si le permitía besarme. Pero él intentó tocarme, agarrarme. Me manoseó. ¡Era asqueroso! Yo quería que se detuviera, pero él siguió. Me resistí y él empezó a insultarme y a llamarme cosas repugnantes. Me hizo sentir sucia y... —se cubrió la cara con las manos.

—Caitlyn, te dijo esas cosas porque intentaba abusar de ti e intimidarte para que hicieras lo que quería. Olvídalo. No dejes que siga teniendo poder sobre ti.

—Ya lo sé —separó los dedos, dejando ver sus ojos azules llenos de angustia—. Pero no fue solo lo que dijo. Fue lo que hizo.

Rafael se estremeció de espanto.

—Me destrozó la camiseta. No llevaba sujetador. Me agarró con fuerza —respiraba con dificultad—. Me hizo daño. Me golpeó e intentó arrancarme los pantalones. Yo empecé a gritar... —se calló, encorvada y temblorosa.

—No tienes por qué contármelo.

Ella continuó en un tono inexpresivo.

—Tuve suerte. Joshua había olvidado las llaves de casa en la bodega. Despidió a Tommy en el acto, pero yo no quise contarle a nadie más lo que había pasado. Me sentía horriblemente humillada.

—De modo que Tommy se libró de pagar por lo que hizo —Rafael tuvo que hacer un enorme esfuerzo para controlarse. Quería abrazarla y consolarla, pero la expresión de Caitlyn le advirtió que no era el momento de tocarla.

—No. Joshua me convenció para que lo denunciara. Fue condenado por agresión.

—¡Bien! —Rafael ardía de furia. Si no hubieran encarcelado a aquella alimaña se habría sentido obligado a buscarlo y darle una lección que jamás olvidaría.

—A pesar del informe médico con mis heridas, Tommy le dijo al juez que yo lo deseaba y que lo había provocado. Su abogado declaró que fue una relación consentida.

—Mintió —mantuvo un tono frío e inexpresivo para no asustarla con la ira asesina que lo abrasaba por dentro.

—Y ahora me preocupa...

—¿El qué?

—Que un hombre decente pueda pensar...

—¿Que fue culpa tuya? —Rafael la miró con incredulidad, aturdido por lo que aquel salvaje le había hecho—. Nunca —declaró Rafael, con los ojos ardiéndole de indignación—. El hombre que piense que lo que te ocurrió fue culpa tuya no puede estar bien de la cabeza.

Caitlyn lo miró con expresión abatida.

—Lo sé, pero a veces me siento... —dudó. No sabía lo que pensaría Rafael si le hablara de los demonios que habitaban en su interior.

—¿Culpable? —ella asintió tristemente—. Mi querida Caitlyn, no tienes nada por lo que sentirte culpable —separó los brazos y la invitó con la mirada a acercarse. Ella se arrojó en sus brazos.

—A veces pienso que la única razón por la que tengo un empleo fijo en la bodega es porque los Saxon se sienten responsables de lo que me sucedió.

—¡No pienses eso! —le dijo al oído—. Tuvieron suerte de quedarse contigo. Con tus notas podrías haber trabajado en cualquier bodega del mundo.

—Gracias...

—Voy a abrazarte con fuerza, ¿puedo?

—Sí, claro que sí.

Los fuertes brazos de Rafael se cerraron en torno a ella, haciéndola sentirse completamente segura. Podría quedarse así para siempre.

—Ahora voy a besarte...

Ella se puso rígida al oírlo. Pero entonces pensó en la paciencia que Rafael le había demostrado, en la maravillosa velada que habían compartido, en cómo él se había detenido al darse cuenta de que iba demasiado rápido... y asintió con la cabeza.

Rafael le deslizó un dedo bajo la barbilla y ella levantó el rostro con los ojos cerrados.

—Abre los ojos. Quiero que veas quién te está besando —su voz era tan amable que a Caitlyn se le formó un nudo en la garganta.

—Está bien.

Rafael agachó la cabeza y detuvo los labios a un centímetro de su boca.

–¿Por qué no me besas tú? –le preguntó en un tono cálido y jocoso que la ayudó a relajarse.

Se estiró hacia delante y le tocó los labios con los suyos. Él empezó a besarla y Caitlyn dio un respingo. La sensación era incomparablemente dulce. Rafael sabía a vino. Cuando se retiró, ella deseó en silencio que siguiera besándola. Y él debió de verlo en sus ojos, porque emitió un débil gemido y volvió a bajar la cabeza.

El segundo beso fue más intenso que el primero, pero en vez del terror que desde tanto tiempo la había dominado sintió prender la llama del deseo y la curiosidad. Echó la cabeza hacia atrás y separó los labios.

Rafael soltó el aire en una exhalación e intensificó brevemente el beso, antes de moverse hacia las mejillas para besarlas con ternura y suavidad.

Caitlyn se acercó más, confiando plenamente en él, y le deslizó las manos por el pecho. Sintió los poderosos latidos de su corazón, que contrastaban con los delicados besos que le prodigaba en el rostro.

Se dio cuenta de lo que difícil que debía de ser para Rafael contenerse. Era un hombre de mundo, acostumbrado a que las mujeres se plegaran a sus deseos. Y sin embargo allí estaba, avanzando al ritmo de Caitlyn.

Una explosión de afecto la desconcertó. Rafael no solo estaba despertando sensaciones largamente dormidas... Estaba haciendo que ella se sintiera atraída por él.

Rafael le recorrió el escote con los dedos. Ella se retorció por las cosquillas y contuvo la respiración cuando la mano descendió y se detuvo en sus pechos. Esperó con el corazón latiéndole furiosamente.

Él le tocó el labio con la lengua y ella, ahogando un gemido, se apretó contra su torso.

–Despacio, querida, despacio.

Se sentía ansiosa. El vestido se le había subido. Rafael le tocó la pierna. Ella observó su bronceada mano moviéndose sobre su piel blanca, y empezó a temblar cuando la vio desaparecer bajo el vestido.

–Cuando tú digas lo dejamos –murmuró él–. Tú eres quien tiene el control.

Caitlyn había pensado que al elegir el restaurante y pagar la cuenta tendría el control de la situación. Estaba equivocada. No tenía ningún control. Su cuerpo ya no la obedecía.

Rafael volvió a besarla en la boca, ávidamente, saboreándola con lentas y sensuales lametadas. Sus dedos fueron subiendo por la cara interna del muslo… más y más arriba.

Ella soltó un gemido ahogado y él devolvió la mano a la rodilla, detuvo la otra mano sobre el pecho y levantó la cabeza.

–Creo que es suficiente.

No, no lo era. Pero no pudo decirlo en voz alta. No podía hablar.

–Ah, querida… –murmuró él, estrechándola entre sus brazos.

Era una cobarde patética. ¿Por qué Rafael seguía allí? Cualquier otro hombre se habría largado en busca de pastos más verdes.

–Lo si- si- siento –balbució.

–¿Lo sientes? Caitlyn, no tienes que sentir nada. Soy yo quien debería disculparme por haber llegado tan lejos y tan rápido.

¿Tan lejos? ¿Tan rápido? Caitlyn soltó una carcajada que sonó como un sollozo. Rafael solo la había besado y poco más.

–Estoy bien. De verdad.

–No haré nada que te haga sentir incómoda.

–Lo sé. Confío en ti.

–Nunca haré nada que tú no quieras. Iremos a tu ritmo, ¿de acuerdo?

–De acuerdo –susurró ella. Rafael estaba convencido de que iba demasiado rápido. Dependería de ella convencerlo de lo contrario.

Rafael frunció el ceño mientras buscaba una melena rubia rojiza. No se veía ni rastro de Caitlyn. Salvo unos encuentros fugaces el lunes apenas la había visto desde su cita del sábado, después de que se despidiera de ella con un casto beso de buenas noches. ¿Lo estaría evitando?

Finalmente la encontró en la sala de catas, ayudando a Kay a sacarles brillo a las copas. Ella se sobresaltó al verlo en la puerta, pero su expresión delataba algo más… Algo que le prendió una llama en el estómago a Rafael.

–Voy a pasar una semana con mi hermano en

Australia –oyó que Kay le decía a Caitlyn–. Salgo mañana.

–Kay... –Caitlyn señaló a Rafael y Kay se calló al verlo.

–¿Vas a tomarte unas vacaciones? –le preguntó él.

–Sí –respondió ella con un suspiro. Agarró una copa y la frotó con un paño blanco–. Sola –añadió con una nota de desafío–. Phillip no me acompañará. Y puede que me quede más tiempo.

–Lo siento –murmuró él.

–No es culpa tuya.

–No debería haber venido.

–Claro que sí –Kay dejó el trapo–. De lo contrario, Joshua, Heath y Megan nunca hubieran sabido de tu existencia.

–Pero si no hubiera venido, no habrías descubierto que... –se calló.

–La verdad –Kay rodeó el mostrador y le dio unos golpecitos en el hombro–. La verdad es una cosa extraña, Rafael. No hace mucho Phillip y yo contamos una mentira que le hizo muchísimo daño a Alyssa. Ella me había prometido que no le contaría la verdad a Joshua, quien consecuentemente pensó lo peor de ella.

Caitlyn cambió el peso de un pie a otro. Sus ojos se habían ensombrecido.

–Aquellos estuvo a punto de separarlos –continuó Kay–. Al final tuvimos que confesar que les habíamos mentido a nuestros hijos y también a Alyssa. Y ahora tengo que vivir con ese peso sobre mis espaldas... Phillip y yo impedimos que Alyssa pudiera relacionarse con su hermano.

Respiró temblorosamente y apartó la mano del hombro de Rafael.

—No puedo hacerte lo mismo... ni tampoco a mis hijos. Merecéis conoceros unos a otros.

—Eres muy generosa —dijo él. No quería admitir que no tenía el menor interés en conocer a sus hermanos. Ya había estado a punto de liarse a puñetazos con Heath.

—Para mí no es fácil —le aseguró ella—. Pero es importante para ti y para mis hijos.

Sus palabras lo sacudieron por dentro. Kay se preocupaba por él al igual que hacía por sus hijos, mientras que él solo había ido allí para escupirle a su padre en la cara, reclamar su parte de Saxon's Folly y venderla. Por primera vez reflexionó sobre la venganza que estaba llevando a cabo. Tal vez Caitlyn tuviese razón y él necesitara hacer las paces con el pasado... y con Phillip Saxon.

—Phillip me mintió... y también a tu madre —continuó Kay—. Durante muchos años se libró de pagar por lo que hizo. Tu aparición me ha hecho ver que hay grietas en nuestro matrimonio... Unas grietas que para mí era más fácil fingir que no existían.

—¿Qué quieres decir? —inquirió Caitlyn.

La emoción nubló los ojos de Kay.

—Phillip y yo deberíamos haber sido muy felices al casarnos. Éramos joven, estábamos enamorados y nuestro sueño era elaborar los mejores vinos del mundo y criar a nuestros hijos en este rincón de Hawkes Bay. Pero no conseguía quedarme embarazada. Phillip siguió elaborando vinos él solo y yo me quedé consumiéndome en mi desgracia. Mi incapacidad para concebir provocó tanta tensión en nuestro matrimonio que finalmente Phillip sugirió que adoptáramos un bebé. Desde el momento en que tuve a Roland en mis brazos lo sentí como mío, sin importarme en absoluto no haberlo concebido –perdió la mirada a lo lejos–. Phillip me dijo una vez que yo solo me dedicaba al bebé y que a él lo ignoraba. Le respondí que estaba diciendo tonterías y que él tenía el viñedo. Entonces sucedió un milagro. Me quedé embarazada y di a luz a Joshua. Y así me vi con dos hijos a los que cuidar –su expresión se entristeció–. Tal vez desatendiera a Phillip. Pero no puedo aceptar... Es la infidelidad de Phillip lo que no puedo perdonar.

–No hagas nada precipitado –le aconsejó Caitlyn, horrorizada por lo que estaba oyendo.

–Necesito tiempo para pensar en lo que voy a hacer –respondió Kay con una sonrisa–. No voy a precipitarme. Lo pensaré muy bien antes de empezar los trámites de divorcio.

–Kay... –Caitlyn la abrazó– todo esto es muy triste. No te quedes demasiado tiempo en Australia, por favor.

–Bueno, Rafael, no creo que hayas venido a la sala de catas para escuchar mis problemas. ¿En qué podemos ayudarte?

Rafael miró a Caitlyn antes de responder.

–Mañana voy a Napier a seguir las huellas de Fernando, y he pensado que a Caitlyn le gustaría venir. Me vendría bien tener una guía –insistió él con su sonrisa más encantadora.

–Iré –accedió Caitlyn.

–Estupendo. Te recogeré en el patio de las cuadras mañana a las diez...

El miércoles amaneció radiante. Rafael y Caitlyn se dirigían a la ciudad por una carretera despejada de tráfico.

El primer lugar al que Rafael llevó a Caitlyn fue el edificio histórico en la costa donde Fernando López y otros monjes se habían hospedado al llegar a Nueva Zelanda.

Rafael contempló la fachada de la estructura de madera que había resistido el terremoto.

–Fernando llegó después de la Primera Guerra Mundial, como muchos otros inmigrantes que huían de una Europa en ruinas para buscar una vida mejor en Nueva Zelanda.

–¿Se sentiría orgulloso de ti si supiera lo que pretendes hacer? Apropiarte de una propiedad familiar y vendérsela a un desconocido.

Rafael se internó en el tráfico y bajó por la arbolada avenida de Marine Parade.

–No hago esto por mí, sino por mi madre. Para reparar la humillación que sufrió a manos de Phillip.

–¿Tu madre querría que lo hicieras?

Tras un incómodo silencio, Caitlyn le indicó cómo llegar al pequeño y modesto monasterio que los monjes habían construido, antes de levantar el espléndido edificio en Saxon's Folly, y que se había transformado en un salón comunal. Rafael aparcó a la sombra de un alto seto, pero antes de que pudiera abrir la puerta, Caitlyn se giró hacia él.

–No creo que el marqués aprobara lo que estás haciendo. Te dijo quién era tu padre para que tuvieras la oportunidad de conocerlo. Él te quería, Rafael. Quería que conocieras a tu verdadera familia. Quién sabe... quizá se sentía culpable por no habértelo dicho antes y haberte negado el derecho a amarlos... durante toda tu vida.

Rafael pareció quedarse pasmado.

–Nadie podría haber tenido un padre mejor.

–A lo mejor pensaba que era viejo, que no había pasado contigo el tiempo suficiente, que te había privado de crecer en compañía de tus hermanos...

–No, no podía pensar eso –frunció el ceño–. Te equivocas.

–Tal vez –ya había dicho más que suficiente. Salió del coche y miró con interés los prados cubiertos de maleza que se extendían tras el edificio–. Ahí debieron de plantar las vides de *cabernet franc* que se trajeron de España.

–Al principio hacían vino tinto para la eucaristía. Empezaron a elaborar vinos fortificados solo después de haber construido Saxon's Folly. Fernando y otro monje se habían pasado años experimentando con el jerez y habían aprendido los secretos que iban pasando de generación en generación. Trabajaban para perfeccionar lo que habían aprendido. El fruto de su esfuerzo fue lo que Phillip le robó a mi madre.

Su expresión le dijo a Caitlyn que no era buen momento para defender a Phillip. Era la palabra de Phillip contra la de su madre.

–Vamos a ver si hay alguien que pueda enseñarnos el lugar –propuso.

Una hora más tarde regresaron a Napier, donde compraron pescado y patatas fritas para comer en una mesa del paseo marítimo.

–Toda esa tierra fue originariamente una ciénaga –le explicó cuando él volvió a sentarse–. Tras el terremoto de 1931 la placa tectónica se elevó un par de metros y la ciénaga se secó. El centro de la ciudad fue destruido casi por completo, y cuando se reconstruyó se siguió el estilo *art déco*, lo que trajo consigo las ideas y corrientes modernas –señaló un edificio donde había una estatua de una mujer bailando desnuda–. Las mujeres ganaron una mayor libertad y emancipación, y el motivo de la mujer moderna y libre puede verse en muchos sitios por toda la ciudad –se puso colorada al fijarse en los pechos desnudos de la estatua, turgentes y sensuales. Agachó la cabeza y deseó no haber abierto la boca.

Si tan solo pudiera sentirse cómoda con su cuerpo...

–Tendrían que haberle pegado un tiro a aquel tipejo –dijo Rafael, como si pudiera leerle el pensamiento.

—Está en la cárcel –no quería pensar en Tommy Smith. No cuando estaba disfrutando de los últimos momentos con Rafael.

Rafael le puso la mano en el muslo, haciéndola estremecerse.

—Algún día encontrarás a un hombre que te ayudará a superar este trauma. Y será un hombre muy afortunado.

—¿De verdad lo crees?

—Claro que sí. Y ojalá yo pudiera ser ese hombre.

Cuando la dejó en casa no hizo ningún intento por besarla. De hecho, mientras se desnudaba y repasaba los acontecimientos del día, se dio cuenta de que apenas la había tocado. Habían hablado y ella había descubierto el interés de Rafael por la historia y el inquebrantable compromiso que tenía con la familia. Pero en ningún momento había intentado tontear con ella.

¿Se arrepentiría de haberla besado? ¿Había decidido que no merecía la pena esperar? ¿Quizá porque su marcha era inevitable?

El alma se le cayó a los pies. ¿Qué le había dicho? Intentó recordar sus palabras exactas. Le había dicho que cualquier hombre sería afortunado por tenerla. Pero aunque Rafael se quedara, ¿cómo podría desearla si ella estaba ocultando una de las cosas que más ansiaba encontrar? Los diarios de Fernando...

Se sumió en un sueño inquieto.

Capítulo Siete

Caitlyn se despertó en cuanto empezó a sonar la alarma antiincendios. Habiéndose criado en una granja, le tenía mucho respeto al fuego y sabía cómo actuar al menor indicio de peligro.

El acre olor a humo impregnaba el aire. Se levantó de la cama y se puso los zapatos sin encender la luz. Se puso una chaqueta encima del pijama y sacó de la mesilla la bolsa con los tres diarios.

Al salir al rellano se detuvo al ver el sobrecogedor resplandor de las llamas.

Los caballos.

Ya podía oír los ruidos y golpes que subían de las cuadras. En cuestión de minutos todo estaría ardiendo. El turno de Pita había acabado hacía rato, pero ¿dónde estaba el guardia nocturno? Llamó a la casa y le respondió Megan, medio dormida.

–Las cuadras están ardiendo. Asegúrate de que vienen los bomberos –la alarma antiincendios estaba conectada a una centralita, por lo que el aviso ya debería de haber llegado.

Corrió escaleras abajo. Agarró un extintor de la pared y vio que el resplandor procedía del extremo de las cuadras, donde se almacenaban las balas de heno.

Los caballos relinchaban y se agitaban inquietos. Tenía que sacarlos.

Giró sobre sus talones y se dirigió al primer box y abrió la puerta. Breeze relinchaba y se agitaba de miedo. Caitlyn chasqueó con la lengua para tranquilizarla. La condujo hacia la verja y le quitó el cabestro.

Quedaban seis caballos. Las llamas se elevaban en el cielo, alimentadas por el heno. Echó a correr.

Abrió el segundo box. Magic Man, el caballo de doma de Kay, estaba empapado de sudor, y Caitlyn perdió unos minutos valiosísimos en arrinconar al aterrorizado animal. Cuando consiguió sacarlo las llamas habían devorado las vigas de madera del cobertizo y rugían furiosamente.

¿Dónde estaba Megan? ¿Por qué no había llegado aún, con Kay y con Phillip? No, Kay se había marchado a Australia.

Se le escapó un sollozo de desesperación. Nunca podría sacar a todos caballos ella sola. Y cuando el fuego alcanzara los tejados...

Se estremeció.

¿A qué caballo debía poner a salvo? ¿Cómo elegir cuáles debían vivir y cuáles morir?

Los ruidos que salían del último box la acuciaron a moverse. Diablo. Con el cabestro en mano, corrió al box del semental y abrió la puerta superior. La cabeza del caballo sobresalió al instante, y Caitlyn supo lo que el estúpido caballo se disponía a hacer un segundo antes de que se encabritara y sus cascos pasaran velozmente junto a su cabeza.

–¡Apártate, Caitlyn! –gritó una voz tras ella.

–¡No! –agitó frenéticamente los brazos en la cara del semental para impedir que saltara sobre la puerta y se lastimara–. ¡Atrás! ¡Atrás!

Diablo retrocedió. Rafael apareció junto a ella y abrió la puerta.

–¡Apártate!

Caitlyn saltó a un lado, librándose por medio segundo de ser arrollada por una mole de carne negra enloquecida.

–No hay tiempo para sacarlos a todos –gritó Rafael cuando Caitlyn se dirigía al siguiente box–. Limítate a descorrer los cerrojos.

Ella levantó la mirada. El techo del box de Breeze estaba ardiendo. Por suerte Megan y Phillip ya habían llegado.

Entre los cuatro consiguieron poner a todos los caballos a salvo, y cuando la sirena del camión de bomberos se oyó a lo lejos Caitlyn suspiró con alivio.

Una hora más tarde el fuego estaba controlado. El cuerpo inconsciente del guardia había sido encontrado junto al sendero, detrás de las cuadras. Llegó una ambulancia y también la policía.

Los daños en las cuadras eran cuantiosos. El apartamento de Caitlyn no había sufrido daños, pero el agua de las mangueras había provocado estragos.

–No puedes dormir aquí esta noche –dijo Rafael–. Quédate conmigo. La casa tiene tres dormitorios –la voz de Rafael cortó el aire y sus fuertes manos la agarraron del brazo–. Vamos a que te vea un médico. Quiero asegurarme de que no has sufrido ningún daño.

Al llegar al hospital una enfermera de aspecto maternal la examinó.

–No tiene quemaduras –la tranquilizó al acabar–. Solo necesita beber algo caliente y dormir. Se sentirá mucho mejor por la mañana.

Rafael la levantó en brazos y le susurró algo al oído. Caitlyn no entendió nada, pero por una vez se sentía a salvo y segura con un hombre.

Rafael la llevó a Vintner's Cottage, la casa de huéspedes donde se alojaba. Era una casa de piedra con tres dormitorios y circundada por un amplio balcón. Caitlyn ya había estado allí antes, y miró a su alrededor cuando Rafael la acomodó en el sofá del salón.

Rafael había dejado su sello particular en la estancia. La fragancia de su colonia impregnaba el aire, mezclándose con el olor del cuerpo, la madera de cedro, el musgo y la inconfundible esencia varonil que le desató inmediatamente el deseo a Caitlyn.

Lo miró furtivamente.

–¿Qué habitación debo ocupar?

–Yo me alojo en esa –le señaló el dormitorio principal. Caitlyn sabía que tenía una espléndida vista de los viñedos y de las colinas verde esmeralda que formaban The Divide.

–Necesito una ducha –no sabía cómo tratar a

aquel Rafael tan silencioso y reservado. Se levantó y él se puso en pie al instante–. Estoy bien.

Él volvió a sentarse. Caitlyn eligió la habitación más cercana a la de él y dejó el bolso, su único equipaje, en la cama antes de quitarse la chaqueta.

Estaba agotada, tanto que ni siquiera tenía fuerzas para llorar. Se sentó en la cama y se metió las manos entre las rodillas. Tenía los dedos cubiertos de mugre y hollín, y debía apestar a humo y caballo. Definitivamente necesitaba una ducha.

Se levantó con gran dificultad y consiguió llegar al cuarto de baño, quitarse el mugriento pijama, abrir el grifo y meterse bajo el agua.

Minutos después, sintiéndose limpia y mejor, se envolvió con una toalla y volvió al dormitorio. La única ropa que tenía era el pijama sucio que había dejado en el suelo.

Con la toalla fuertemente enrollada en torno a su cuerpo desnudo, fue al salón con el propósito de aparentar una seguridad que no sentía. Antes de que pudiera decir nada, Rafael levantó la vista y le sonrió. Siempre que le sonreía de aquel modo le hacía olvidar sus temores y la amenaza que inspiraban aquellos músculos. Lo único que veía eran los cálidos ojos de un hombre bueno y considerado.

–Pareces una... –dudó– niña abandonada.

A Caitlyn se le encogió el corazón. Una niña abandonada, desamparada, sola y digna de compasión.

Lo último que necesitaba era la compasión de Rafael.

–Necesito ropa.

–Puedes ponerte mi bata, si quieres –sin esperar respuesta, fue a su habitación y regresó con una bata azul marino–. Mañana iremos a la ciudad a comprarte ropa.

Volvió a su habitación y cerró la puerta para quitarse la toalla. La bata le quedaba un poco grande, pero tendría que valer. Nada más ponérsela sintió que la envolvía el olor de Rafael. Era una sensación mucho más íntima que nada que hubiera experimentado hasta entonces, ni siquiera cuando estaba pegada a él.

Regresó al salón y se encontró a Rafael leyendo el periódico.

–Gracias… Por ayudarme con los caballos, por la bata, y por darme alojamiento.

La mirada de sus ojos negros no era la de un hombre desinteresado. La deseaba. Pero se estaba refrenando.

Y Caitlyn ya no estaba tan segura de querer que se refrenara.

–Ven, siéntate. Te he servido una copa de vino –le indicó el sillón junto al sofá que él ocupaba–. Tengo comida en la nevera. Después de haber comido un poco podrás descansar.

En vez de sentarse en el sillón lo hizo en el sofá, junto a él, provocándole una expresión de asombro.

Sintió una oleada de satisfacción. La reconfortaba saber que Rafael no podía predecir todo lo que ella hacía.

Probó el vino. *Sauvignon blanc.* Fresco y ácido, con un toque de grosellas.

¿Grosellas? Levantó la copa y lo examinó.

–Este no es uno de tus vinos.

–¿Debería serlo?

–No –se ruborizó–. Tienes todo el derecho a beber lo que te guste –tomó otro sorbo–. A Heath le complacería saber que compras su vino... Seguro que te regalaría una caja.

Reprimió una sonrisa al ver su expresión de desconcierto. Era agradable pillarlo desprevenido.

–Solo quiero conocer a la competencia.

–¿Competencia? Heath no es un competidor. Es tu hermano.

–Hermanastro. Los hermanos crecen juntos. Él y yo ni siquiera nos conocemos.

–Pero no tiene que ser siempre así. ¿Es que no lo ves? Tu padre, el marqués, quería que conocieras a tu familia.

–Ya tengo una familia. No necesito...

–Tienes una madre, nada más –lo miró con frustración–. Aquí se te brinda la oportunidad de tener mucho más: hermanos, una hermana, y un padre.

–Phillip solo proporcionó la semilla.

Caitlyn meneó la cabeza. Al menos Rafael no rechazaba a sus hermanos tanto como a Phillip. Tal vez hubiera alguna posibilidad...

–¿No tienes nada que decir? –la acució él.

–Lo único que puedo decir es que yo crecí en una familia numerosa y que jamás rechazaría a mis hermanos. Hemos tenido muchas peleas, como es natural, pero los quiero muchísimo. Piensa en ello, Rafael, antes de arrancar un pedazo de Saxon's Folly para venderlo. Piensa en el amor que puedes estar perdiéndote.

–¡Basta! No necesito que me sueltes un sermón. La única clase de amor que me interesa es esta.

Sin darle tiempo a reaccionar, tiró de ella para colocársela en el regazo y la besó.

También ella lo besó con todo el anhelo que llevaba días conteniendo. Él se tensó cuando le rodeó la nuca con los dedos, no iba a dejar que se olvidara de ella.

La bata se le abrió, exponiendo su desnudez, y Caitlyn oyó su gemido ahogado cuando le miró los blancos pechos y los pezones, duros y rosados.

Pero entonces Rafael masculló una maldición y se apartó de ella.

–Perdóname, no quería que esto pasara.

–No te vayas.

Rafael se detuvo. Caitlyn acababa de luchar contra un incendio, su hogar estaba anegado y sus posesiones más valiosas, seguramente destruidas. Debía de sentirse terriblemente desamparada. La idea de que algo le ocurriera a Caitlyn...

Se negó a pensar en ello.

–¿Quieres una taza de té? –la ayudaría a tranquilizarse y dormir. Él, en cambio, necesitaba algo más fuerte.

—Todavía me queda vino –levantó la copa y lo miró con el ceño fruncido mientras tomaba un sorbo, sus ojos brillantes y desafiantes–. No quiero que te detengas.

Tal vez la estuviera afectando el vino. Entendía que no quisiera que se marchara, pero... ¿que siguiera besándola?

—Si vuelvo a besarte, es posible que no pueda parar –dadas las circunstancias se enorgulleció de la paciencia que estaba demostrando.

—Te detendrías si yo te lo pidiera.

¿De verdad lo haría? La confianza ciega que depositaba en él le provocó un doloroso nudo en el pecho.

—Sí.

Ella dio unos golpecitos en el cojín.

—Entonces ven aquí.

Rafael se sentó a su lado, invadido por una mezcla de deseo, inquietud y la sensación de estar cometiendo el mayor riesgo de su vida.

—Quiero algo más que besos, Rafael.

—¿Qué? –se echó hacia atrás, horrorizado y con todos los sentidos en alerta.

—Lo quiero todo... Todo lo que me he perdido hasta ahora.

—Caitlyn –aspiró profundamente–, vamos a tomárnoslo con calma... No hay ninguna prisa.

—¡No! No quiero esperar más. Tú te marcharás dentro de poco, y yo podría haber muerto esta noche. Afortunadamente no ha sido así, pero mañana podría suceder otra desgracia. Podría morir en un accidente de coche, como le ocurrió a Roland. Llevo años viviendo en el pasado. No quiero seguir así. Quiero ser libre.

Rafael intentó despejarse la cabeza. No necesitaba que le recordase lo cerca que había estado de perderla. Y tampoco quería averiguar por qué un mundo sin Caitlyn le resultaba vacío.

—Lo que sientes es una reacción normal a un suceso traumático. Te sentirás distinta por la mañana, ya lo verás.

—No. Te deseo.

Al día siguiente lo odiaría si él le daba lo que le estaba pidiendo. Y también lo odiaría cuando regresara a España sin ella. No podía hacerle el amor: tenía que protegerla de él mismo.

—No me deseas. Lo único que quieres es... —se detuvo a mitad de la frase. Caitlyn se había abierto la bata y se inclinaba hacia él.

—¿Me crees ahora?

—¡Caitlyn! —su piel parecía tan suave y deliciosa como un melocotón maduro, y su pelo cayendo sobre los pálidos hombros ofrecía una imagen tan enloquecedoramente sensual que Rafael tuvo que cerrar los ojos.

—¿No me deseas?

—¿Que si no te deseo? —volvió a abrir los ojos—. No digas tonterías —advirtió el titubeo en sus ojos y el rubor de sus mejillas. Se sentía avergonzada e incómoda, pues pensaba que él la estaba rechazando porque no la deseaba—. Claro que te deseo. Pero estoy intentando hacer lo mejor para ti.

—¿Lo mejor para mí?

—Mira –ofendido por su incredulidad, se señaló la entrepierna–. ¿Te parece que no te deseo?

Ella le miró el bulto y ahogó un débil gemido. Pero en vez de retroceder lo miró a los ojos con expectación.

—Caitlyn... Me lo estás poniendo muy difícil.

—Quiero ponértelo imposible –se acercó más a él, rozándole la cara con su larga y sedosa melena. Olía a champú y flores silvestres.

La tentación era demasiado grande.

—Quiero que seas tú –le murmuró con una mirada abierta y honesta–. Sé que me tratarás con paciencia y delicadeza.

Rafael sacudió la cabeza en un último esfuerzo por disuadirla.

—Eso no lo sabes.

—Lo sé. Fuiste paciente con Diablo.

Él maldijo en su lengua nativa.

—Diablo es un caballo. No es una comparación muy apropiada –reprimió una absurda carcajada.

A Caitlyn no le interesaba lo mismo que al resto de mujeres. Solo ella le había llegado al corazón con su inocencia y honestidad.

—El día que me convenciste para que acariciara a Diablo –dijo ella–, con tu mano sobre la mía, dijiste que alguien lo había golpeado con saña. La forma en que lo tranquilizaste, con aquellos susurros tan suaves, me recordó cómo me habías consolado a mí. Confío en ti, Rafael. Sé que nunca me harías daño.

Rafael se preguntó por qué demonios intentaba contradecirla si la deseaba con una obsesión que nunca había sentido por nadie.

—Si de verdad estás decidida a hacerlo, te sugiero que nos vayamos a la habitación.

Los ojos de Caitlyn se llenaron de temor por un instante fugaz, pero en vez de acobardarse y decirle que se había equivocado lo sorprendió con una valerosa determinación.

—De acuerdo.

Asidos de la mano, fueron al dormitorio principal y Rafael se sentó en la cama. Ella permaneció de pie ante él, con la bata abierta. Rafael pensó que tal vez estuviera dudando y se obligó a mirarla a los ojos para no fijarse en su piel desnuda.

Juntó las muñecas y se las ofreció a Caitlyn.

—Átame las manos si te sientes más cómoda. Así te sentirás más segura.

La vio tragar saliva, pero sus ojos destellaron con curiosidad, o tal vez con excitación.

—Mira en la cómoda... Hay corbatas y cinturones que puedes usar —le ofreció.

—Pero seguirías teniendo los pies libres —señaló ella.

—Átalos también... si quieres.

Caitlyn lo miraba sin salir de su asombro.

—¿Cederías todo el control?

—No se trata del control, sino del placer —volvió a sonreírle, esforzándose por disipar sus miedos.

—Eres... eres increíble, Rafael.

—No, querida. Lo eres tú..

–¿Por qué no te he conocido antes?

La desesperación que transmitían sus ojos y sus palabras le atenazaron el corazón.

–No puedo borrar tu pasado, pero sí que puedo demostrarte que no todos los hombres son iguales. Lo que te prometo es una noche de placer y de pasión.

Ella lo miró fijamente. Era evidente que se sentía cada vez más tentada.

–En realidad no fue para tanto. No me violó. Solo me tocó y… –se estremeció al recordarlo.

–Por su bien espero no encontrármelo nunca.

Ella soltó una risita mezclada con un sollozo.

–Joshua ya se las vio con él, aunque no sé qué le dijo antes de despedirlo.

–Ven aquí.

Ella se sentó en la cama, a su lado. Estaba rígida, y Rafael la rodeó delicadamente con el brazo para apretarla contra él. Apoyó la cabeza en su pelo y deseó hacerle entender que jamás le haría el menor daño.

–No hace falta que te ate las manos –dijo ella–. No me dan miedo. Sé que me darán placer, no dolor –levantó la cabeza y le sonrió. Fue como ver el arcoíris después de una tormenta–. Otro día podemos jugar a esas cosas para divertirnos. Pero esta noche necesito que me toques.

Rafael soltó un gruñido de anticipación.

–Desde luego que te tocaré… hasta el último palmo del cuerpo.

A Caitlyn le dio un vuelco el corazón.

Rafael se quitó la camisa y se recostó en la cama.

—Ven aquí.

Al principio se sintió extraña e inestable encima de él. Pero cuando el calor de su pecho le traspasó la bata, empezó a sentir la llamarada del deseo. Agachó la cabeza y sus bocas se encontraron.

El sabor de Rafael era exquisitamente familiar. Las sensaciones que su beso le despertaba volvieron a propagarse por su interior, hasta encenderle toda la piel y provocarle hormigueos en la espalda.

Rafael deslizó las manos bajo la bata y el calor se transformó en un fuego abrasador. Caitlyn se estremeció de deseo mientras la bata se le deslizaba por los hombros. Los dedos de Rafael avanzaban por su piel, rodeándole las costillas, acariciándole el cuello… Ella gimió, sin despegar la boca de la suya, y se arqueó cuando los dedos encontraron los pezones. Cerró los ojos y todo su ser se concentró en las deliciosas sensaciones que él le estaba despertando. Soltó un gemido de protesta y decepción cuando le retiró las manos de los pechos y la apartó de su torso.

Abrió los ojos y se encontró con su mirada.

Él tiró de ella hacia abajo, y en el último segundo Caitlyn se dio cuenta de lo que iba a hacer. Un gemido salvaje brotó de su garganta cuando la boca de Rafael le atrapó un pezón. Las llamas se concentraron en su vientre y una fuerte convulsión la sacudió. Ni siquiera se percató de que él le quitaba la bata. No sentía ningún pudor por estar desnuda ante él... No cuando le había proporcionado tanto placer con su boca.

Rafael reanudó las caricias por todo su cuerpo, dejando un reguero de fuego a su paso. Caitlyn ardía de los pies a la cabeza, y cuando Rafael le deslizó la mano entre los muslos pensó que las llamas iban a consumirla.

–Rafael... –no podía hablar ni respirar, invadida por una sensación incomparable.

Él le sonrió.

–No tengas prisa... Disfruta –profundizó más con los dedos y la respiración de Caitlyn se volvió entrecortada y dificultosa.

–Para –le ordenó–. O no quedará nada de mí.

–Pues empezaremos de nuevo –la promesa que ardía en sus ojos avivó sus llamas internas.

–No es justo... tú llevas demasiada ropa.

–¿Estás segura?

Un arrebato de emoción la sacudió. Amaba a Rafael con toda su alma.

–Completamente.

–¿No quieres que pare?

–¡No!

–Solo me estaba asegurando... –su sonrisa y la pequeña cicatriz blanca bajo sus sensuales labios le conferían un aspecto irresistiblemente pícaro.

–¿Te estás riendo de mí?

–Nunca osaría reírme de ti –su sonrisa se esfumó al tiempo que se oía una cremallera. Caitlyn se movió lo justo para hacerlo gemir y le quitó los pantalones y la ropa interior.

—Bien... Me alegra saberlo.

—Caitlyn...

—No digas una palabra más –se sentó a horcajadas sobre él.

—Ni una palabra.

Caitlyn sintió la dureza de su erección pegada a sus partes íntimas. El único sonido que salió de los labios de Rafael fue un gemido cuando ella se meneó suavemente sobre él, antes de aceptar el miembro viril en su interior. Hubo una breve resistencia, Rafael ahogó un jadeo, se puso rígido y la estrechó entre sus brazos.

—No ha tenido gracia –le murmuró–. Pero te perdono.

Empezó a acariciarle la espalda, muy lentamente, mientras su erección la colmaba. Caitlyn sintió que brillaba con luz propia y que pendía de un hilo al borde de la perdición. Entonces empezó a temblar, el hilo se rompió y ella cayó a un abismo de placer insondable.

Y el cuerpo de Rafael la acompañó en la caída.

—¿Te casarás conmigo?

Caitlyn se apartó de él y recogió la bata del suelo para ponérsela.

Estaba tumbado de espaldas, mirando al techo, con los puños apretados a los costados.

La propuesta era muy tentadora. Realmente quería casarse con él. Pero no era sensato.

—No sería buena idea –le explicó–. Si me casara

contigo tendría que dejar mi trabajo, que me encanta, y a todas las personas que me son cercanas.

Una extraña expresión le ensombreció el rostro a Rafael.

—Ni siquiera son tu familia.

—Los Saxon son como una familia para mí.

—Pero estarías conmigo —objetó él con un atisbo de su vieja arrogancia—. Yo sería tu familia.

Aunque la amara, todo se desvanecería en cuanto descubriera que ella tenía los diarios de Fernando y que había jugado un papel fundamental en la elaboración de los vinos fortificados de Saxon's Folly.

Suspiró. Lo mejor sería poner punto y final a aquella discusión antes de que la situación se volviera demasiado dolorosa.

—No, Rafael. Esta discusión no tiene sentido —se levantó de la cama, y se arrebujó en la bata.

—¿Adónde vas?

—Enseguida vuelvo —fue a la habitación donde se había duchado y recogió su bolso. Dudó unos largos segundos y volvió al dormitorio de Rafael.

Sacó la bolsa y la arrojó sobre la cama.

—Esto es lo que quieres.

Él no hizo ademán de tocarla.

—¿Qué es?

—Ábrela.

Rafael se incorporó, sin apartar los ojos de ella, y agarró la bolsa.

Caitlyn se quedó junto a la cama, intentando no mirar. Rafael no se molestaba en ocultar su desnudez. Los diarios cayeron sobre la cama. Bajó la vista hacia ellos y su expresión cambió al instante. Los había reconocido.

—¿Por qué tienes esto?

Ella no respondió, y él abrió el primero.

—Están escritos en español... —la miró con asombro—. Mi madre nunca lo mencionó. Hablas español...

Ella asintió.

—No fue Phillip. Fuiste tú...

Caitlyn supo que nunca olvidaría la expresión de Rafael mientras viviera.

—Fuiste tú quien leyó los diarios, quien estudió las técnicas de Fernando y quien las aplicó en la elaboración de vuestros vinos.

—Sí —no se molestó en mentir ni en pedir disculpas. Era demasiado tarde para eso.

Rafael se sentó en el borde de la cama y se pasó las manos por el pelo. Agarró los pantalones del suelo, se los puso y se levantó.

—¿Por qué no me lo dijiste?

—Al principio no sabía lo importante que era para ti. Y luego vi lo mucho que odiabas a los Saxon y a Phillip. Tu única ambición era destruirlo, y yo no podía dejar que eso ocurriera.

Rafael se erguía en mitad de la habitación, taladrándola con unos ojos fríos y penetrantes.

—Se los robó a mi madre.

Caitlyn no podía permitir que Phillip siguiera soportando toda la culpa.

—No los robó. Se los compró a tu madre.

–¡No es cierto! –exclamó él.

Ella sonrió tristemente. Ansiaba abrazarlo y decirle que lo amaba, pero no podía hacerlo.

–Tu madre le vendió los diarios a Phillip. Estuvieron en el despacho de Phillip durante casi treinta años, hasta que yo los leí y él se dio cuenta de lo valioso que era su contenido.

–Entiendo tus ambiciones. Los diarios fueron como un regalo caído del cielo –lo dijo con una voz tan fría y hostil que Caitlyn apartó la mirada.

–Lo siento.

–¿Por qué no me lo dijiste el día que dije que quería mi parte de Saxon's Folly y que mi intención era sacarla a subasta?

–Quise hacerlo, pero Phillip me advirtió con la mirada que me estuviera callada.

La mirada de Rafael se suavizó ligeramente.

–Estabas atrapada entre la espada y la pared.

–Pero tú querías vengarte y destrozar a los Saxon vendiendo una parte de la bodega… Eso desequilibró la balanza en tu contra y me hizo verte como el malo de la película.

Rafael suspiró y se pasó una mano por sus largos cabellos negros.

–¿Y ahora qué?

Hubo un largo silencio. Caitlyn no soportaba pensar en lo que sucedería a continuación. La unión con Rafael había sido sublime, pero la sensación de unidad se había perdido y en su lugar quedaba un seco y amargo vacío.

–No lo sé. Supongo que volverás a casa.

Él la miró con una expresión impenetrable durante unos largos segundos.

–Todavía quiero casarme contigo.

–Después de haber visto cómo tratabas a Diablo y de lo delicado que has sido conmigo, no creo que fueras capaz de destruir el mundo de los Saxon.

Él apretó duramente la mandíbula.

–Claro que sería capaz.

–Pero no lo harás. No le causarás sufrimiento a Kay, ni a Megan, Joshua o Heath, por culpa de lo que hizo Phillip.

–No lo haré si te casas conmigo.

–Oh, no, no –Caitlyn sacudió fuertemente la cabeza–. No vas a chantajearme. Ni siquiera posees aún tu parte de la bodega. Y aunque la tuvieras, yo no me vendo así como así. Solo hay una razón por la que me casaría con un hombre.

–¿Cuál?

–Por amor. Rafael la miró con el ceño fruncido, antes de darse la vuelta.

–En ese caso tienes razón. De nada sirve seguir hablado.

Su voz estaba cargada de ira y frustración, pero la rigidez de su espalda desnuda dejaba muy claro que no había futuro para ellos. Caitlyn pensó que debía de odiarla con toda su alma... sobre todo cuando vio que se había llevado los diarios.

Capítulo Ocho

A Caitlyn le escocían terriblemente los ojos por la falta de sueño. La noche anterior, a pesar del cansancio, se había marchado de Vintner's Cottage vestida tan solo con la bata de Rafael. En la casa solariega la recibieron con los brazos abiertos y sin preguntas.

Después de comer, Megan la llevó a Napier para comprar algunos vaqueros, camisetas, ropa interior y zapatos.

Cuando volvieron a Saxon's Folly, Rafael daba vueltas por el patio, esperándola.

–He venido para ver cómo estás –la examinó con la mirada. Sus ojos transmitían tanta preocupación que Caitlyn sintió que se derretía por dentro. Pero sofocó la sensación al recordarse a sí misma que Rafael no la amaba.

Antes de que pudieran decir nada un coche patrulla se detuvo en el patio y salieron dos policías uniformados y con rostro severo.

–¿Caitlyn Ross? –preguntó el más alto.

Ella asintió.

–¿Podemos hablar en privado?

Los condujo al cubículo atestado de libros, revistas y cajas de vino que le servía como despacho en la bodega. Rafael los acompañó y se quedó en la puerta, con expresión feroz, como si quisiera protegerla.

—¿Tiene usted algún enemigo, señorita Ross? —le preguntó el más viejo después de que los tres se hubieran sentado—. Hay indicios que apuntan a que el incendio de anoche no fue un accidente. Usted vive encima de las cuadras, ¿correcto?

Ella volvió a asentir, asaltada por una escalofriante posibilidad.

—Todavía no podemos sacar conclusiones, señorita. Hay mucho que investigar. ¿Qué me dice de algún ex novio con quien haya acabado mal? —preguntó el policía más joven.

—No se me ocurre nadie.

—¿Alguien que conduzca una moto negra?

Caitlyn empezó a negar con la cabeza, pero se detuvo. Una moto negra... ¿Podría haber relación?

—Hace algunas semanas había una moto negra en el prado. Asustó al semental y este provocó que Alyssa se cayera de su montura.

Ninguno de los dos policías pareció sorprenderse, y Caitlyn tuvo la sensación de que no les estaba contando nada nuevo.

—Háblales de Tommy —dijo Rafael desde la puerta.

—¿Tommy Smith? —el corazón se le aceleró ante el interés que reflejó el rostro del policía—. Pero está en prisión...

—Cuéntaselo —insistió Rafael.

Ella lo hizo, a su pesar. Odiaba rememorar los

traumáticos sucesos. El policía canoso tomó abundantes notas, y al acabar le hizo unas cuantas preguntas más a Caitlyn antes de que él y su compañero se marcharan.

–Si el incendio fue provocado, espero que encuentren al responsable –le dijo Caitlyn a Rafael.

–Cuando pienso en lo que podría haber sucedido... –un estremecimiento sacudió su enorme figura.

Aquella tarde, acompañado de Caitlyn, Rafael entró en la casa con un firme propósito.

El tiempo se acababa. Su hacienda esperaba en España y ya había alargado más de lo previsto su estancia en Nueva Zelanda. Pero aún tenía mucho que hacer.

Rodeó a Caitlyn por la cintura y la condujo a donde estaban Phillip y sus hijos...

Por primera vez no sintió ningún rencor. Dejó el paquete que llevaba bajo el brazo en una mesa y saludó con la cabeza a Joshua y Heath. Los dos hombres se acercaron con una sonrisa de bienvenida.

–Caitlyn, te he servido una copa de *pinot gris*. ¿Qué te apetece tomar, Rafael?

Rafael parpadeó con desconcierto. La sensación de haber entrado en un mundo desconocido, lleno de aceptación y cordialidad, se hizo más fuerte cuando Heath empezó a hablar de las cosechas sin el menor atisbo de animosidad.

Pero cuando Phillip se giró y le sonrió, supo que algo iba mal.

−¿Qué ocurre? −preguntó con recelo.

−Queremos darte las gracias por lo que hiciste.

−¿Qué hice?

−Rescatar a Caitlyn −le dijo Megan, abrazándolo−. Ella forma parte de la familia.

Rafael intentó relajarse.

−No sé cómo agradecértelo −dijo Phillip.

Rafael miró las caras sonrientes que lo rodeaban. Todos querían a Caitlyn y la aceptaban como una más de la familia. ¿Cómo podría apartarla él de aquel lugar y de aquellas personas? La miró. También ella sonreía, y la emoción que brillaba en sus ojos le provocó un nudo en la garganta.

Le estaba sonriendo a él.

−Se estaba desenvolviendo muy bien por sí sola −dijo finalmente−. No le habría pasado nada.

−Yo no estaría tan seguro −lo contradijo ella con una mirada llena de gratitud.

Ivy, el ama de llaves, anunció que la cena estaba lista y todos pasaron al comedor.

La cena transcurrió en animada conversación. Después de los postres se acomodaron en el salón y Phillip sirvió fino Flores para todos. Rafael no se sintió capaz de rechazarlo. Se sentó junto a Caitlyn en un sofá y saboreó el famoso y laureado vino fortificado.

Phillip batió las palmas y todos le prestaron atención.

−Tengo un regalo para Rafael.

Rafael se levantó y agarró el paquete que había dejado en una de las mesas al llegar.

–Yo también tengo algo para ti. No es un regalo… sino algo que te pertenece –la noche anterior había leído los diarios, deleitándose enormemente con las palabras de su tío abuelo–. Mi madre me ha dicho que le compraste los diarios.

–¿Tu madre? –preguntó Caitlyn, sorprendida.

–La llamé esta tarde, antes de cenar. Quería decirle que tengo que atar algunos cabos antes de volver a casa, y le pedí que me dijera la verdad sobre los diarios. Me explicó que los había vendido porque necesitaba el dinero –se volvió hacia Phillip–. Son tuyos.

–No –negó Phillip–. Fernando era tu tío y sus secretos te pertenecen a ti. Eres tú quien ha de conservar estos diarios, hijo mío.

Aquellas palabras liberaron un torrente de sentimientos en Rafael. Sintió alivio y asombro… y también, en lo más profundo de su corazón, los primeros atisbos de afecto hacia el hombre que tenía ante él: su padre biológico.

–Gracias –dudó un instante–. Esto es muy difícil para mí, y me temo que aún no estoy preparado…

Los ojos de Phillip se llenaron de lágrimas. Dio un paso adelante y abrazó a Rafael. Este se quedó paralizado, pero al cabo de unos segundos se aferró a los brazos de su padre. Por encima del hombro de Phillip vio el alivio reflejado en el rostro de Caitlyn. Ella lo había hecho posible.

–No podrías haberme hecho un regalo mejor –le dijo a Phillip con voz ronca.

Su padre pareció un poco avergonzado.

–No es lo que había pensado...

Rafael se sentó en el sofá, junto a Caitlyn, y la agarró de la mano mientras Heath, Megan y Joshua esperaban impacientes.

–¿Qué vas a darle a Rafael? –preguntó Alyssa.

–Calla –dijo Megan– Es una sorpresa.

Phillip esperó a que todos estuvieran en silencio para hablar con gran afectación.

–Como agradecimiento por haber salvado a Caitlyn y a todos nuestros caballos, me gustaría regalarte ese condenado caballo del demonio.

Rafael se sintió abrumado.

–Gracias... Lo cuidaré como se merece.

–Pero llevarlo a España es cosa tuya –le advirtió Phillip, y Rafael le golpeó amistosamente el brazo.

–¡Pero eso no es lo que...!

–Silencio, Megan, o echarás a perder la sorpresa –la reprendió su padre–. Mis hijos están impacientes. Vamos, acercaos.

Todos se congregaron en torno al sofá donde estaban Rafael y Caitlyn. Joshua a la derecha de Rafael, Megan a la izquierda y Heath un poco apartado, a sus espaldas. Rafael sentía la ausencia de Kay, y la expresión de Phillip le dijo que echaba terriblemente de menos a su mujer.

–Hemos llegado a un acuerdo –dijo Phillip–. Todos nosotros, incluido Phillip –hizo una breve pausa–. Y también Kay. Rafael, me gustaría darte una parte de Saxon's Folly igual a la de mis otros hijos.

Rafael se quedó de piedra, y lo mismo sintió que le ocurría a Caitlyn. Por unos momentos no supo qué decir, aturdido por la emoción. Se levantó y carraspeó un par de veces.

–¿Kay está de acuerdo?

Phillip asintió.

–Lo he hablado con ella, y cree que tienes derecho a recibir tu parte de Saxon's Folly.

Rafael intuyó que la conversación no debía de haber sido fácil. Phillip tendría que esforzarse mucho para conseguir que Kay lo perdonara, pero quizá al llamarla había dado el primer paso.

–No os imagináis lo que significa esto para mí –les dijo Rafael a sus hermanastros.

Joshua y Heath se limitaron a asentir, pero Megan lo abrazó efusivamente.

–Es genial tener otro hermano, sobre todo uno tan guapo.

Rafael se echó a reír. Caitlyn se reía también desde el sofá, y Rafael supo que confiaba en él para que no vendiera la parte que había recibido, como había amenazado con hacer al principio. Parecía haber transcurrido una eternidad desde entonces.

Phillip carraspeó.

–Te debo una disculpa, Rafael. Con María ya me he disculpado.

–Gracias –su madre ya se lo había dicho, y significaba muchísimo para él.

–Siento no haber aceptado mi responsabilidad para contigo, y haber pensado que pagándole una fortuna a María por los diarios quedaba libre de mis obligaciones como padre –suspiró–. Ni siquiera sabía que estaba embarazada cuando le hice la oferta. Más tarde intenté encontrarla para ayudarla económicamente, pero se había desvanecido.

Su madre se había convertido en la marquesa de Las Carreras y no necesitaba el dinero de Phillip. Solo había querido su amor, algo que jamás pudo tener.

Miró a Caitlyn. De no haber sido por ella no habría descubierto el verdadero significado de su viaje a Nueva Zelanda. Había recorrido medio mundo con la esperanza de que su padre se disculpara por sus años de abandono. Lo que nunca se había esperado era que acabase perdonándolo y que forjase un vínculo con todos ellos. Seguramente había sido lo que su difunto padre quería para él: una familia.

–Gracias por la oferta. No puedo expresar hasta qué punto la aprecio, pero... –volvió a mirar a Caitlyn, quien seguía sonriendo– no puedo aceptarla.

Todos se quedaron en silencio y con el desconcierto reflejado en sus rostros.

–Ya no quiero recibir una parte de Saxon's Folly, ni tampoco vengarme –sonrió–. Pero sí hay algo que me gustaría. Algo infinitamente más valioso que la bodega. Vuestra vinicultora.

Megan se echó a reír.

—¿Tanto te gusta nuestro jerez?

Se arrodilló delante de Caitlyn y le agarró la mano ante las perplejas miradas de todos.

—¿Me concederías el honor de casarte conmigo? No porque seas una mujer despampanante y escultural —oyó tras él la exclamación ahogada de Megan— No porque me guste escuchar todo lo que dices —Alyssa soltó una risita—. No porque quiera hacerme con el secreto del mejor jerez del mundo —Phillip gruñó y Heath se echó a reír—. No porque te desee más que a ninguna otra mujer que haya conocido...

—¡Rafael! —exclamó Caitlyn, poniéndose colorada—, sé razonable.

—No me interesa ser razonable. Sé que te estoy pidiendo que des un gran paso y que vengas a España conmigo. La única razón por la que quiero casarme contigo es porque te quiero.

Aguardó en silencio. El resto dejó de existir. Solo era consciente de los azules ojos de Caitlyn y de la emoción que le embargaba el corazón.

—Te quiero —nunca había estado más convencido de nada en su vida. Y jamás dejaría de demostrárselo.

—En ese caso la respuesta es sí.

Rafael soltó una exclamación de júbilo, se puso en pie y la levantó en brazos para hacerla girar en el aire mientras la besaba apasionadamente. Cuando finalmente se separaron los dos estaban sin aliento.

—Gracias por darme tantos tesoros —le murmuró él.

—¿De qué tesoros estás hablando?

—Una nueva familia, hermanos y hermanas, tu amor –la besó en la punta de la nariz–. Y tú.

Ella emitió un gemido de deleite.

—¿Estás segura de que podrás dejar Saxon's Folly? –le preguntó él con preocupación.

—Mi casa está donde estés tú, Rafael. Y si eso significa vivir en la tierra jerezana, con vistas al Atlántico y produciendo el mejor fino del mundo, me parece un plan maravilloso. Estoy impaciente por ver tu hacienda y conocer a tu madre.

SOLO OTRA NOCHE

FIONA BRAND

Nick Messena había estado con muchas mujeres en los últimos seis años, pero no había conseguido aplacar el deseo que sentía por Elena Lyon. La noche que hicieron el amor, sus familias se vieron envueltas en un escándalo que provocó que Nick se lo replanteara todo. Pensó que no volvería a tenerla... pero un secreto familiar volvió a unirlos.

Elena había florecido, convirtiéndose en una mujer espectacular. Nick la deseaba... ¡para otra noche y algunas más!

Se suponía que iba a ser solo una aventura de una noche

¡YA EN TU PUNTO DE VENTA!

Acepte 2 de nuestras mejores novelas de amor GRATIS

¡Y reciba un regalo sorpresa!

Oferta especial de tiempo limitado

Rellene el cupón y envíelo a
Harlequin Reader Service®
3010 Walden Ave.
P.O. Box 1867
Buffalo, N.Y. 14240-1867

¡Sí! Por favor, envíenme 2 novelas de amor de Harlequin (1 Bianca® y 1 Deseo®) gratis, más el regalo sorpresa. Luego remítanme 4 novelas nuevas todos los meses, las cuales recibiré mucho antes de que aparezcan en librerías, y factúrenme al bajo precio de $3,24 cada una, más $0,25 por envío e impuesto de ventas, si corresponde*. Este es el precio total, y es un ahorro de casi el 20% sobre el precio de portada. !Una oferta excelente! Entiendo que el hecho de aceptar estos libros y el regalo no me obliga en forma alguna a la compra de libros adicionales. Y también que puedo devolver cualquier envío y cancelar en cualquier momento. Aún si decido no comprar ningún otro libro de Harlequin, los 2 libros gratis y el regalo sorpresa son míos para siempre.

416 LBN DU7N

Nombre y apellido   (Por favor, letra de molde)

Dirección   Apartamento No.

Ciudad   Estado   Zona postal

Esta oferta se limita a un pedido por hogar y no está disponible para los subscriptores actuales de Deseo® y Bianca®.
*Los términos y precios quedan sujetos a cambios sin aviso previo.
Impuestos de ventas aplican en N.Y.

SPN-03   ©2003 Harlequin Enterprises Limited

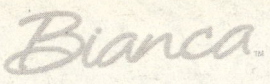

Nunca, nunca, salgas con el jefe

El millonario de la minería Damien Wyatt vivía siguiendo una regla: nunca más de una noche. Pero cuando Harriet Livingstone, la mujer que había destrozado su coche deportivo, apareció ante él en una entrevista su asombrosa belleza lo tentó, así que le robó un beso y ella le borró la sonrisa de la cara de una buena bofetada.

Harriet Livingstone no habría aceptado el trabajo si no estuviera desesperada, lo último que quería era involucrarse con el atractivo pero arrogante Damien. Mantener su relación fuera del dormitorio se estaba convirtiendo en una batalla... una que ninguno de los dos quería ganar en realidad.

Una excepción a su regla

Lindsay Armstrong

¡YA EN TU PUNTO DE VENTA!

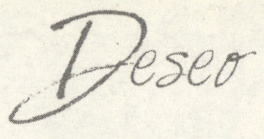

AÚN TE DESEO

CATHERINE MANN

Malcolm Douglas era el chico malo del instituto, el que le robó el corazón a Celia Patel, pero la vida acabó separándolos y ella se quedó con el corazón roto. Dieciocho años después, Malcolm regresó a su vida convertido en una estrella del rock y empeñado en reparar los errores del pasado. Se decía a sí mismo que solo quería protegerla de una amenaza real, pero la vieja química que había entre ellos no tardó en surgir de nuevo.

¿Podría hacer que el placer del presente borrara el dolor del pasado?

¡YA EN TU PUNTO DE VENTA!